# 红狮军团

**秦天**

来自中国，退役于雪豹突击队，后加入红狮军团。由于个人成长经历的原因，他性格孤僻、沉稳，看重朋友之间的友情。

**亨特**

来自美国，退役于绿色贝雷帽特种部队。他玩世不恭，喜欢开一些无聊的玩笑，个人英雄主义色彩鲜明。

**亚历山大**

来自俄罗斯，退役于阿尔法特种部队。他身材魁梧，脾气火暴，眼里揉不得沙子，因此常和队友发生冲突。

# 红狮军团

### 朱莉

来自法国的女生，曾服役于法国宪兵队。她高傲强势，令众多男性望而生畏。

### 劳拉

来自德国的女生，出身贵族，为了理想从小进行各种艰苦的训练。她善解人意，散发着人性的光芒。

### 詹姆斯

曾服役于海豹突击队，后来加入了红狮军团。他是一位冒险主义者，崇尚个人英雄主义。

# 蓝狼军团

**泰勒**

来自英国，退役于特别空勤团。他冷酷、凶狠，具备超凡的作战能力，为了金钱加入蓝狼军团。

**布鲁克**

来自英国，退役于红魔鬼伞兵团。他相貌俊朗，行动敏捷，枪法过人，但生性狂妄，目中无人。

**雷特**

曾服役于一支邪恶的雇佣兵部队，擅长陆战。他狂妄、傲慢，是一个略显莽撞的家伙。

# 蓝狼军团

### 艾丽丝

来自美国，因一次意外被迫从海军陆战队退役，后来加入蓝狼军团。她为金钱而战。

### 美佳

一个有着许多秘密的人，曾服役于哪支部队无人知晓。她曾经接受过严格的训练，战斗技能出众，尤其擅长忍术。

### 凯瑟琳

一名优雅的冷血杀手，曾是神秘女子部队的一员。被她锁定的目标，就像接受了死亡女神的审判，几乎无人能生还。

# 战狼少年 ①
## 奇袭绝命谷

八路 著

化学工业出版社

·北京·

#### 图书在版编目（CIP）数据

战狼少年.7，奇袭绝命谷/八路著.—北京：化学工业出版社，2020.8（2025.2重印）
ISBN 978-7-122-37004-4

Ⅰ.①战… Ⅱ.①八… Ⅲ.①儿童小说-长篇小说-中国-当代 Ⅳ.①I287.45

中国版本图书馆CIP数据核字（2020）第085384号

---

ZHANLANG SHAONIAN 7 QIXI JUEMINGGU
### 战狼少年7 奇袭绝命谷

责任编辑：隋权玲　　　　　　　　装帧设计：尹琳琳
责任校对：王素芹

出版发行：化学工业出版社（北京市东城区青年湖南街13号　邮政编码100011）
印　　装：涿州市般润文化传播有限公司
880mm×1230mm　1/32　印张$7\frac{1}{4}$　彩插2
2025年2月北京第1版第5次印刷

购书咨询：010-64518888　　售后服务：010-64518899
网　　址：http://www.cip.com.cn
凡购买本书，如有缺损质量问题，本社销售中心负责调换。

定　　价：25.00元　　　　　　　　　　　版权所有　违者必究

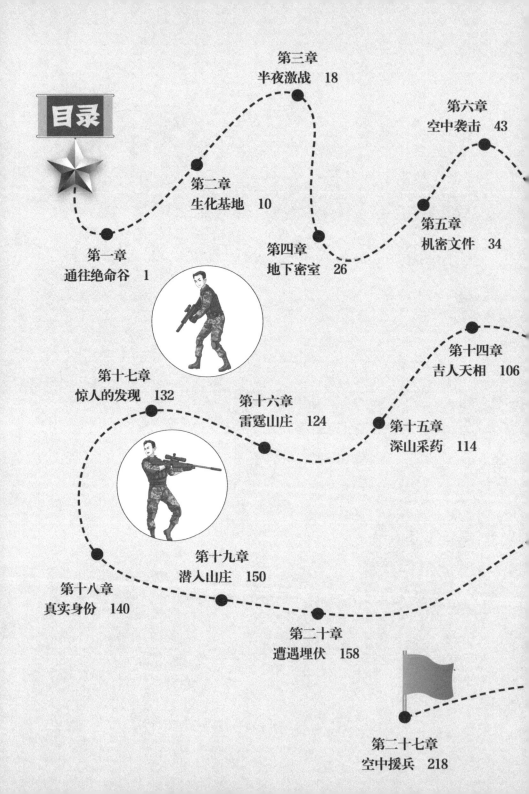

# 目录

第一章 通往绝命谷 1

第二章 生化基地 10

第三章 半夜激战 18

第四章 地下密室 26

第五章 机密文件 34

第六章 空中袭击 43

第十四章 吉人天相 106

第十五章 深山采药 114

第十六章 雷霆山庄 124

第十七章 惊人的发现 132

第十八章 真实身份 140

第十九章 潜入山庄 150

第二十章 遭遇埋伏 158

第二十七章 空中援兵 218

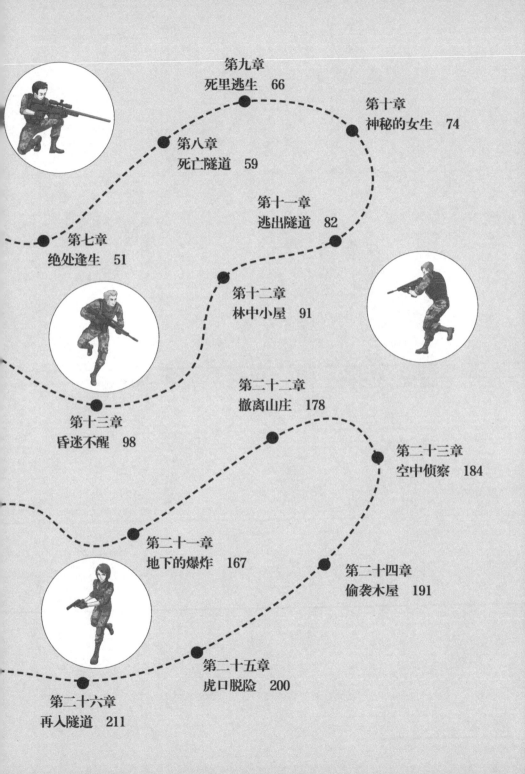

第九章
死里逃生 66

第十章
神秘的女生 74

第八章
死亡隧道 59

第十一章
逃出隧道 82

第七章
绝处逢生 51

第十二章
林中小屋 91

第二十二章
撤离山庄 178

第十三章
昏迷不醒 98

第二十三章
空中侦察 184

第二十一章
地下的爆炸 167

第二十四章
偷袭木屋 191

第二十五章
虎口脱险 200

第二十六章
再入隧道 211

# 第一章

# 通往绝命谷

深秋,某国西北的大峡谷内美景如画。可惜,并没有路可以通往深山的峡谷,所以几乎没有人能欣赏到这里的美。当然,这里也不是绝对没有人迹。这不,几个熟悉的身影正在盘山小径上艰难地行进。

走在最前面的是一个小个子男生,他挥动手中的军刀清理着前进道路上的荆棘。这个人就是秦天。他的手上戴着一副战术手套,所以他的手指既可以灵活自如地活动,又不会被荆棘划伤。

秦天手上的军刀很特别,或者说它是一把开山刀。在进入山林中的时候,特种兵往往会携带一把开山刀。这是因为在那些很少有人进入的深山野林中,植物会疯狂地生长,而且纵横交错,绝对让你找不到可以轻松行走的路。所以,特种兵带上开山刀的目的,是在其中开

辟一条通路。

开山刀轻薄锋利,只要轻轻一挥便可以斩断手腕般粗细的小树。秦天一路上不停地挥舞开山刀斩断阻挡他们前行的障碍物。即便如此,行进依旧艰难,因为这里的山峰陡峭,攀行极为危险。

秦天停下来,用袖子去擦额头的汗。其他人也停下来,站在半山腰向下望去。山间的美景深深地吸引了他们,要不是来执行作战任务,他们肯定会逗留在这仙境般的美景之中。

劳拉戴着一顶绿扁帽,眺望远方。山野间的树木密密麻麻,随着地形连绵起伏,望不到尽头。深秋的树叶或泛黄,或发红,黄的深沉,红的热情,令人陶醉其中。美景尽收眼底,她忍不住拿出手机,想拍几张留念。

亨特伸手拦住劳拉:"快放起来,别因小失大。"

劳拉知道自己犯了低级错误,赶紧把手机塞进腰包里。红狮军团之所以会出现在这里,并不是来游山玩水

的,而是来执行一项秘密的任务。

红狮军团的总部通过卫星监视,发现在深山大峡谷中有一个可疑的神秘基地。据分析,它可能是蓝狼军团的生化武器研制基地。所以,总部决定派遣亨特的特种作战小队秘密潜入大峡谷,将这里的情况调查清楚。

这项任务异常艰巨,在来这里之前,亨特和其他人进行了详细的研究。根据资料显示,这个大峡谷被称为"绝命谷"。它之所以会叫这个名字,是因为大峡谷位于深山之中,没有道路可以通行,要到达那里必须翻越险峻的山峰,通过充满危险的原始森林。

这还不是最危险的,最危险的是绝命谷深达上百米,两侧是几乎为九十度的绝壁。也就是说,即便能够通过绳索降落的方式进入绝命谷,可一旦被敌人追击,想逃出来就难了。

刚刚装好手机,劳拉就听到朱莉喊道:"有无人机,快隐蔽!"

红狮军团立即分散开来,趴在地上,隐藏在草木之中。亚历山大略微抬起头朝天空中望去。透过树叶的缝隙,他看到一架无人驾驶的小型飞机从上空飞过。无人机近乎是贴着树梢飞行的,以至于亚历山大看到了机头下方的高倍率摄像头。

毫无疑问,这是一架战术无人侦察机。它飞过的时候,并不像其他飞机那样发出明显的轰鸣声,很容易被人发现。这种无人机在飞过上空的时候发出的声音很小,如果不留意,根本听不到它的声音。这是因为它体积小,可以采用电机来驱动,所以发出的声音会小很多。

"看来绝命谷里真的隐藏着蓝狼军团的生化武器基地。"无人机飞过去以后,亨特从地上爬起来说。

詹姆斯从自己的袖筒里掏出一根长满荆棘的干树枝,咧着嘴说:"你说的没错,如果这里没有猫腻,也就不会有无人机来回巡逻侦察了。"

"你为什么要把这根带刺的树枝放进袖子里?"亨特

故意逗他。

詹姆斯厌恶地看了亨特一眼:"你这不是故意让我难堪吗?明明知道是我没有扎紧袖口,所以卧倒的时候才让带刺的树枝钻了进去,还故意问我。"

"你自己知道就好,别明明知道自己的行为不符合战术要求,还不改正。"亨特借机提醒其他人,"一定要扎好'三口',不要再出现这种低级错误。"

所谓扎紧"三口",是指扎紧领口、袖口和裤腿口。作战服装与普通服装不同,在"三口"的位置设计了扣子或者可以粘连的尼龙搭扣,其目的就是为了在作战时能将"三口"扎紧。

虽然扎紧"三口"是非常小的细节,但却事关重大。这三个部位是最容易侵入人体接触皮肤的部位。从大的方面说,如果敌人在战场上使用了化学武器,有毒的液体或者气体可以通过"三口"的位置接触到皮肤,对人体造成伤害;从小的方面说,毒蛇、毒虫等毒物可以通过"三口"钻到衣服里面将人咬伤、蜇伤。

在亨特的叮嘱下,大家重新检查了自己的"三口",并将其扎紧。然后,他们继续向大山深处进发。随着他们不断深入,危险也越来越多,秦天已经不再使用开山刀开路,以免无人机拍摄出一条清晰的痕迹,发现他们的踪影。

亨特特别谨慎,命令所有人把枪支的瞄准镜都用迷彩布包裹起来。一切可以反光的东西都不允许露在外面,这保证了他们的踪迹不被敌人发现。

当然,每一名队员都有着丰富的作战经验,所以他们在山林间行走时尽量不去晃动身边的树木。这样做是怕惊扰沿途的鸟兽。飞禽腾空、野兽奔逃同样会使他们暴露。同时,树木的晃动本身就很容易被无人机拍摄到,从而引起敌人的怀疑。

经过将近十个小时的艰难行进,红狮军团终于来到了绝命谷前。站在山崖边向下望去,朱莉不由得向后倒退了一步。不仅是她,所有人都是心惊胆寒,因为脚下竟然是深达百米的深渊,怪不得此处被称为绝命谷呢!

奇袭绝命谷
QIXI JUEMINGGU

朝对面望去,绝命谷宽达四五公里,另一侧同样是刀削般的悬崖。那是一幅壮观的画面,山峰被削成了一页页的书册,连接起来像是一本摊开的书。

"这就是书册崖。"朱莉说,"难得一见的地质奇观,看来真是深山藏美景呀!"

亚历山大身后的背包里背着很多登山的工具,现在终于要派上用场了。他从背包里掏出绳索。这种绳索不粗,也很轻,但是异常结实,是专门给登山爱好者准备的。亚历山大将绳索一端固定在一棵小腿粗的树上,然后将其抛下了山崖。

在亚历山大准备滑落工具的时候,其他人也都在准备自己身上的工具。秦天将安全带系在腰间,8字环扣在绳索上,准备第一个滑落。

"秦天,你要多加小心!"劳拉叮嘱道。

秦天朝劳拉微笑,双手抓住绳子,两脚轻轻一蹬崖壁,向下滑落了一段距离。

劳拉看着秦天的头顶越来越小,后来竟变成了一个

小黑点。她也准备就绪,就等着安全落到地面后的秦天传回消息了。

秦天安全滑落到地面,脚下踩着红色的石头。峡谷的底部是另一番景象,站在这里人显得那样渺小。不仅脚下的石头是红色的,整个大峡谷都是红色的。这是难得一见的奇观,看来绝命谷也可以被称为红峡谷了。

"我已经安全降落。"秦天将8字环从绳索上摘下来,同时通过无线耳机通知上面的人。

劳拉早已做好准备,听到秦天的声音后,马上开始滑落。她像一只轻盈的蜘蛛,吐着蜘蛛丝从高处降落。

秦天抬头看着劳拉,一开始劳拉的身影只有拳头那么大,慢慢地变成了一个背包大小,再后来已经能用肉眼分辨出清晰的肢体,最后完全清晰地降落到秦天的头顶。

秦天上前,帮落到地面的劳拉解开锁扣。此时,劳拉的心脏还在"怦怦怦"地猛跳。

"脚踏实地的感觉真好。"劳拉感慨道,"做人千万不能虚无缥缈,虽然好似高高在上,但随时有可能一落千丈。踏踏实实做人,实实在在做事才是最靠谱的。"

秦天报以微笑:"你都快成哲学家了。"

正说着,头顶上降落了一个"大秤砣"。亚历山大几乎是以自由落体的速度砸下来的。秦天和劳拉不由得为他捏了一把汗。

# 第二章

## 生化基地

在距离谷底还有十几米的高度时,亚历山大突然减缓了速度,开始稳稳当当地下滑了。秦天和劳拉这才松了一口气。

"我的动作帅不帅?"落地后,亚历山大炫耀道。

"你动作是挺帅!不过要是摔成肉饼,就帅不成了。"劳拉看着亚历山大说道,"以后最好还是按照动作要求来,别搞这些花样。"

亚历山大嘿嘿一笑:"没有金刚钻不揽瓷器活。你们放心,我知道自己吃几两干饭。"

其他人也陆续滑落到谷底。最后降落的亨特将绳索向上盘起,缠在了一棵树的树干上。这根绳索也许还有用,说不定他们完成任务后,还会顺着它再爬上去。

大峡谷的底部到处都是大大小小的石头。红狮军团

奇袭绝命谷
QIXI JUEMINGGU

形成防御队形谨慎地向着目的地前进。据卫星的侦察资料显示，绝命谷的中心地带地势平坦，而蓝狼军团的生化武器研制基地就在那里。

谷底没有高大的树木，只有过膝的野草和遍地的石头，所以很容易被敌人发现。红狮军团变得更加小心了。他们尽量行走在植被长得比较高的地段，而且把身体压得很低。出乎意料的是，这一路走来他们竟然没有遇到一个岗哨。也许这个地方太隐蔽了，蓝狼军团认为不会有人找到这里，所以才放松了警惕。

在毫无阻拦的情况下，红狮军团来到了绝命谷的中心地带。他们躲在草丛中，观察着中心谷底的两排房子。这些房子就地取材，都是用石头建造的，而且只有一层，看上去非常结实。

这两排建筑物被一圈石头墙围在了院子里。院子有一个入口，而在入口处有一名持枪而立的雇佣兵。看来这名士兵就是岗哨了，可见这里的雇佣兵不多，估计大部分是生化武器的研制人员。

秦天不禁有些疑惑：在深山的大峡谷中建这样一个生化武器的研制基地的确非常隐蔽，但是这里过于闭塞，如何解决原材料运输和人员的进出问题呢？

秦天的疑惑很快便解除了，因为他发现在那两排石头房子的附近有一块被修得非常平整的场地。显而易见那是一个停机坪，而且上面还停着一架直升机。

看到这架直升机亨特乐了。他小声地说："看来咱们不必爬绳子撤出谷底了。"

此时已经是日落时分，太阳的余晖洒在红色的谷底。夜黑风高好动手，红狮军团藏在草丛中一动不动，静静地等待着黑夜的降临。

日落西山，半弯月亮悬挂天空。亚历山大往嘴里扔了几块水果糖大小的食物。别小看了这不起眼的东西，它是专门为特种兵研制的能量块，不仅热量高，而且蕴含多种人体所需的营养成分。

天色已经彻底黑下来了。红狮军团分成两组，朝那两排石头房子悄悄地靠近。秦天、詹姆斯和劳拉为一组，

他们在前;其他人为第二组,负责在后面进行掩护。

在院子的门口,负责站岗的雇佣兵已经换成了另一个人。他身体靠着墙,将枪戳在地上,百无聊赖地看着星空。这个鬼地方一年到头也不能出去几次,一天到晚看到的就是那么几个人,要不是佣金诱人,谁会来这里当雇佣兵呢!

在这里有一个班的雇佣兵,他们轮流站岗。这名雇佣兵已经在这里待了整整一年,每天都在重复着同样的工作。一开始,他还很认真,站岗期间总是非常警惕。可是,后来他发现这里根本不可能有人来,所以便懈怠了下来。要是赶上在深夜站岗,他有时候甚至会定个闹钟就跑回去睡觉。

秦天带队悄悄地靠近这名岗哨。他不想开枪,那样会暴露自己。可是,如果迎面走过去,肯定会被岗哨发现。该如何无声无息地将这名岗哨摆平呢?

三个人趴在距离岗哨只有十几米远的草丛中,开始施展诱敌之计。秦天捡起一块小石头,扬手将其抛到草

丛前的地面上。

小石头落地发出不大不小的声音,足以让那名岗哨听到。可是,三个人在草丛后趴了好一阵,那名岗哨也没有动静。原来,岗哨正在心猿意马地胡思乱想,别说一块小石头落地,就是一块石头扔到他的脚前,也未必能引起他的注意。秦天又捡起一块石头,朝那名岗哨扔得更近了一些。

"啪嗒!"

石头落地,这次引起了岗哨的注意。但是,他原地不动,只是朝响声的方向观察了几秒钟。紧接着,秦天投出了第三块石头。岗哨这才有了兴趣,提起枪朝着石头落地的位置走过来。三个人趴在草丛中,看着岗哨的黑影越走越近,做好了发起攻击的准备。

岗哨走到石头落地的位置,打开手电筒先是警觉地向四周照了照。三个人藏在草丛中,身体紧紧地贴着地面,一动也不敢动。岗哨并未发现他们,开始用手电筒照着脚下的地面,想看看到底是什么东西发出的声音。

奇袭绝命谷

时机已经成熟，秦天突然从地面跃起，一个箭步冲到岗哨的面前。岗哨听到了脚步声，下意识地抓紧了枪。秦天飞起一脚，将岗哨手中的枪踢飞。岗哨惊慌失措，刚要大喊就被一只强有力的手捂住了嘴。

詹姆斯一只手紧紧地捂住岗哨的嘴，另一只胳膊锁住了他的脖子。秦天则扯住了他的双腿向前一拉，岗哨便被两个人制服在地了。

劳拉将枪顶在岗哨的脑袋上，威胁道："别出声，否则要你的命！"

秦天把岗哨的鞋子脱掉，扯下来两只臭袜子，塞进他的嘴里。他们又用岗哨的腰带和裤子将其手脚捆绑起来，拖到了远处的草丛中。

亨特的战斗小组在秦天他们处置岗哨的时候，已经开始向院子里前进了。两排石头房子加起来不过十几间，看样子一排用来住人，另一排则是生化武器的研制车间。

院子里有一台柴油发电机在运转着，这里的电能都是由它来提供的。并非所有的房间都亮着灯，亨特他们

向后面一排房子走去。后面这排房子有两间是亮着灯的，而这两间房又是连通到一起的。

亨特轻轻地走到窗前，向屋内望去。屋里有五个人，穿着工作服正在鼓捣着什么东西。他仔细一看，原来这是一枚炮弹的弹头。这几个人似乎在往弹头里加注一种有色的液体。

亨特马上联想到了生化武器。将化学毒剂或者生物病菌加注到炮弹的弹头里，是制造生化武器的一种常用方法。采用这种方法制造出来的炮弹就变成了生化炮弹。当这种炮弹爆炸后，弹头里的化学毒剂或者致命病菌就会散布，一旦侵入人体，就会造成大规模的杀伤和疫病传播。

"Action！"亨特的手五指并拢向前一挥。

亚历山大早就按捺不住了，一脚将房门踹开。紧跟着，亚历山大冲进屋里，大吼一声："想活命的都把手举起来，别乱动！"

屋里的人毫无心理准备，被突然冲进来的人吓蒙了。

奇袭绝命谷
QIXI JUEMINGGU

他们并非作战人员，而是生化武器的研究者，所以根本不知道该如何应对突如其来的袭击。其中一个人并不死心，手悄悄伸向背后，掏出一把手枪想要反抗。

一道寒光闪过，朱莉扬手甩出了一把飞刀。这把飞刀正中那个人的手腕。随着一声惨叫，他的手枪掉在了地上。

"干得好！"亨特夸赞道。

"谁再乱动，我的飞刀就直奔他的咽喉。"朱莉厉声威胁道。

这几个武器工程师再也不敢轻举妄动了，双手抱住头顶，乖乖地等候发落。亨特用枪指着这些人，朱莉和亚历山大则走过去，准备将这几个人绑起来。

此时，詹姆斯、秦天和劳拉也已进入院子。按照事先的分工，他们朝另一排房子走去，在那里将有一场激烈的战斗打响。

# 第三章

## 半夜激战

另一排石头房子里,十几个雇佣军正分散在两间屋子里,享受着夜间生活。他们玩着电脑,开着无聊的玩笑,浑然不知危险已经靠近。

敌人分散在两间屋子里,这对秦天他们三个来说不是一件好事情,因为他们很难同时顾及两个地方。经过认真观察后,秦天还是决定先问问亨特那边的情况,然后再做决定。

"亨特,你那边的情况怎么样?"通过耳机秦天轻声地问。

"已经搞定,正在对他们的生化武器进行调查。"亨特回答。

秦天说:"你派两个人过来支援我们。"

"马上就到。"亨特松开对讲按钮,"朱莉,这里就交

给你了。亚历山大，跟我支援秦天他们。"

亚历山大自然高兴，他可不想留在这里看守几个窝窝囊囊的工程师。亨特和亚历山大很快在另一排房子的一侧与秦天他们会合。经过分工后，他们开始行动。

秦天走到门前，先是轻轻地推了推门。门被从里面反锁了，所以秦天并没有推开。屋里传来放浪的笑声，还有狂躁的音乐，没有人察觉到此时的门外已经出现了几个特种兵。

劳拉和詹姆斯的身体贴在门的两侧，做好了随时冲进去的准备。但是，冲进去未必是最佳的选择，因为屋内空间狭窄，如果敌人拿起武器反击，几乎没有躲藏的地方，所以难免会有伤亡。

秦天也考虑到了这一点，所以他才没有采取一脚将门踹开的简单做法。他用手指叩击房门，但由于屋里太吵闹，屋里的人并没有听到。于是，秦天将叩击的力度增大。

"咚咚！咚咚——"

"进来!"有一个人一边大笑着,一边走过来开门。

平时,两个屋的雇佣兵互相串门是常有的事情。所以,听到敲门声,屋里的人竟然毫无防备地来开门了。

秦天清晰地听到了门锁被打开的声音,然后门从里面被拉开了。一个人高马大的家伙探出头来,也不看清楚外面的人是谁便热情地打招呼:"快进来一起Happy吧!"

这家伙的话还没说完,便直愣愣地待在原地不动了。他上半身探出门外,留在门里的两条腿在不自觉地颤抖。

"喂!乔治,你堵在门口干什么,快回来。我们都在等你出牌呢!"一个人朝门口大喊。

这个叫乔治的雇佣兵慢慢向后退了两步,但仍然保持着刚才的姿势。随着他的后退,门被完全打开了。在乔治的身后出现了另一个人。他正拿枪顶着乔治的脑袋。屋里的雇佣兵们反应迅速,纷纷抄起放在身边的枪。

"把枪放下,不然你们的兄弟就没命了。"秦天冷冷地说。

意想不到的事情发生了,有一名雇佣兵竟然毫不犹豫地朝人质开了一枪。人质当时就倒在了秦天的身上。紧跟着,屋里的几名雇佣兵朝着门口猛烈开火,想把秦天置于死地。情急之下,秦天又从屋里退了出来。那位倒在他身上的人质已经被子弹打得千疮百孔,惨不忍睹了。

"这群恶魔,竟然朝自己人开枪。"劳拉简直不敢相信眼前发生的一切。

秦天躲到屋外的一侧,鼻孔里充盈着血腥味。他实在没有想到这些雇佣兵会对自己的队友下此毒手。屋内的雇佣兵绝非善类,他们都是嗜血的魔鬼,绝不会为了别人的生命去牺牲自己的利益。这一点是秦天无论如何也没有猜到的,因为他是一个善良的人。

"詹姆斯,你守住窗口。"秦天用袖子擦去脸上的血,"劳拉,你掩护我!"

屋里的雇佣兵犹如被困在牢笼里的猛兽,想要冲出来绝非易事。他们不停地向门口发射子弹,但实际上却

并非真的打算从门口逃出去。那样做的目的只不过是声东击西而已。

一名雇佣兵已经忍耐不住了。他跳上窗台，准备从窗户逃出。詹姆斯的枪口一直对着窗户，这家伙刚刚迈出了一条腿便被他开枪击中了。随着一声惨叫，这名雇佣兵一头栽到了地上。栽到地上的雇佣兵并不死心，挣扎着就要朝詹姆斯开火。此时，另一个敌人也要从窗户跳出来，詹姆斯必定顾此失彼。

"砰！"

一声枪响，劳拉将倒在地上的雇佣兵击毙。她本不想这样做，但情急之下，已经别无选择。

屋内的雇佣兵都在打着自己的小算盘，谁也不愿留在后面当靶子，所以开始争先恐后地往外逃。这样一来，他们便减弱了对门口的射击。秦天麻利地将枪口探进屋里，连开几枪，击毙了一名距离门口最近的敌人。

刚才那个想从窗口逃脱的雇佣兵见詹姆斯死死地守住窗口，吓得又缩了回去。詹姆斯并没有急于开枪，想

给他留一条生路。现在,屋内只剩下三个人了。

在另一间屋子,亨特和亚历山大也正在跟敌人展开激战。不同的是这一组的战斗比秦天他们更猛烈。

亚历山大还是使用了老办法,一脚将门踹开,端起野牛冲锋枪向屋里发起了猛烈射击。毫无防备的雇佣兵还没有来得及做出任何反应,便已经死的死,伤的伤了。

其中一名雇佣兵藏到床底下,紧急发出了求援呼叫:"呼叫总部,绝命谷遭到不明身份人员袭击,请求支援。"

亨特听到床下有人喊叫,毫不留情地朝下面开了几枪。这名雇佣兵一命呜呼了。电台中传来蓝狼军团总部的呼叫声:"喂喂喂!请重复,请重复!"

亚历山大一脚将电台踩坏,一脸凶相地看着屋里仅剩的一个活着的雇佣兵。他手臂在流血,身体蜷缩在角落里,眼神中流露出恐惧,用颤抖的声音问:"你们是谁?"

亚历山大骄傲地说:"我们就是正义的力量——红狮军团。"

这些人早就听说过红狮军团。在蓝狼军团的内部流传着各种有关红狮军团的传说,甚至已经将他们神化了。这名雇佣兵一听到红狮军团几个字,便决定彻底放弃抵抗了。

亨特留下来审问这名雇佣兵。亚历山大转身从屋里出来,去支援秦天他们战斗了。

秦天和劳拉各自位于门口的一侧,寻找时机向屋内射击。屋里的三名雇佣兵已经有两名受伤,另外一名的精神防线也接近崩溃。

亚历山大赶到后,完全改变了秦天他们的温柔策略。他直接从腰间摘下一枚手雷,朝屋里大喊:"我只给你们十秒钟的时间,如果不放下武器,我直接把手雷扔进去。"

劳拉说:"尽量不要伤害他们的性命,即使最坏的人也有改过自新的可能。"

"对敌人仁慈,就是对自己不负责任。"亚历山大也

有自己的道理,"要让正义的力量发扬光大,就必须将邪恶的力量彻底铲除。"

还别说,亚历山大这招真管用。屋里的那三个雇佣兵在马上就要到达十秒的时候,扔掉了手中的武器,双手举过头顶从屋里走了出来。

秦天和詹姆斯、劳拉一起动手,把这三名雇佣兵的手倒背着绑了起来。

"这里还有没有其他雇佣兵?"秦天问。

三个人摇摇头,其中一个说:"没有了,我们只有一个班的兵力。"

亨特兴奋地从另一间屋子里走出来,喊道:"有大发现,快跟我走!"

# 第四章 地下密室

其他人不知道亨特所说的大发现是什么,但他们猜测一定是亨特审问出了什么有价值的情报。

"把这些人一起押到后面的屋子里去,由朱莉统一看管。"亨特说,"咱们去地下密室里,寻找一份机密文件。"

果然是大发现,原来这里还有一个地下密室,秦天的兴奋点被调动起来。其他人押着亨特审讯过的那名雇佣兵,向院子的角落走去。据他交代,那里有一个地下密室的入口。秦天走在最后面,警觉地观察着院子里的情况。他有些顾虑,担心雇佣兵把他们引进圈套。

很快,大家来到院子的角落。亨特问:"密室的入口在哪里?"

被俘的雇佣兵迟疑了一下。劳拉发现他的头向左右望了望,好像在等待着什么。难道这小子想要什么花样?她

奇袭绝命谷

把枪口顶在这名雇佣兵的腰上,厉声道:"别耍花样。"

这名雇佣兵不再迟疑,一只手在墙壁的某个部位按了一下。只听"嘎吱"一声响,好像是齿轮转动的声音,然后地面上竟然出现了一个洞口。由于天色很黑,洞口下面的情况一点也看不到。亨特打开手电筒朝下面照去,只见一架梯子向下延伸,落到了十几米深的地下。亨特刚要下去,却被劳拉拦住了。

"小心有诈!"劳拉看着这名雇佣兵,"你先下去!"

这名雇佣兵并没有反抗,双手抓住梯子,一步一步地向下爬去。这样一来,亨特也有些不放心。他担心这是一条地下通道,让先下去的雇佣兵有了逃跑的机会。于是,亨特紧跟着也爬了下去。

最后的一位是亚历山大。他刚要钻进洞口,却被秦天拦住了:"你最好留在外面。"

"凭什么?"亚历山大不高兴地说。

"我担心这是敌人设计的圈套。如果咱们都下去,敌人有可能把洞口封死。"

亚历山大连连点头:"你真是想得太周到了。不过,为什么把我留在外面?"

"地下密室空间狭窄,像你这样的大块头在里面肯定行动不便。另外,你的身手最棒,留在外面我们更放心。"秦天说。

最后这句话说服了亚历山大,他是最喜欢听奉承话的了。其他人都沿着梯子进入地下密室。亚历山大紧握着枪,站在地下密室的入口附近,警觉地观察着四周。

当秦天沿着梯子爬到底部时,其他人已经向前走了一段距离。地下密室的通道狭长,阴森森的,令人不寒而栗。那名被俘的雇佣兵在前面带路,亨特则紧跟在他的后面。

不知道为什么,秦天隐隐感觉密室中必有蹊跷,绝非看上去那么简单。他谨慎地走在最后面,不时地转过身将手电筒的光线向后面照去。这是非常明智的做法,因为如果此时有敌人从后面突然出现,只需一个弹夹的子弹就可以把他们都消灭在狭窄的通道里。

前面的人已经停下来,在通道的尽头出现了一道结实的铁门。

"把它打开。"亨特对雇佣兵说。

雇佣兵掏出一把钥匙,将铁门打开。门是向里推开的,一间十几平方米的密室出现在大家眼前。亨特迫不及待,抬腿就要往里迈。突然,身后传来一声大喊:"等等!"

亨特已经抬起的脚又收了回来。他回头看着秦天:"大呼小叫的,吓了我一跳。"

秦天挤到最前面:"你们不觉得太蹊跷了吗?"

"有什么不对劲儿?"亨特有些不耐烦,"你的疑心病又犯了。"

秦天说:"你们想,既然这是密室,必然是存放秘密的地方,能让外人随便进去吗?"

劳拉觉得秦天所言在理。她将手电筒的光线照到那名雇佣兵的脸上:"你老实交代,密室里到底有没有阴谋?"

"没……没有!"雇佣兵的神色慌张,目光游离。

"哼哼!"劳拉冷笑一声,"既然没有,那么你先进去。"

说着,劳拉一把抓住这名雇佣兵,用力将其推进了密室。雇佣兵刚进入密室,意想不到的事情就发生了。

"哒哒哒——"

密室里响起机关枪的声音,子弹发射时产生的火光将密室照得通明。那名雇佣兵被数不清的子弹击中,瘫倒在密室的地面上。

亨特吓得倒退了几步,心跳骤然加速,心想自己差点就成了牺牲品。他感激地看着秦天说:"你救了我一命。"

"这里面的机关越复杂,越说明其中藏有重要的东西。"劳拉说。

"没错!我也是这样想的。"秦天说,"我猜测密室中一定安装了红外感应器。红外感应器能够感应人体的温度,而当人走进密室后便会被立即感知,从而系统自动启动机关枪的发射程序。"

"即便如此,机关枪又是怎么会追着人打的呢?"詹

姆斯有些不解。

"这个很好解释。"秦天说,"红外感应器能够准确地感应到人所在的位置,并把这一信息传送给控制系统。自动控制系统会发送指令,操纵枪口转动,始终对准人的位置进行射击。"

经过分析,最终他们找出了密室中机关设置的奥秘,下一步就是该如何破解它了。秦天知道在中国古代的机关设置中,最常用的就是各种齿轮。这些齿轮形成环环紧扣的力矩关系,一旦被触发就会一个机关接着一个机关地发作,令人躲闪不及。

今天的机关却不同,它使用的是现代的科学技术。不过,只要能找出它的工作原理,切断其信息链条上的一个环节,也就会获得成功。劳拉在红狮军团之中绝对是学历最高的。更加可贵的是,她大学所学的专业竟然是光电学,今天可算有用武之地了。

"红外感应器并非无懈可击。"劳拉说,"只要有热量的物体都是红外源,温度越高红外信号越强,也就更容

易被红外感应器捕捉到。"

"这个道理我们也懂,关键是你要想出破解的办法来。"詹姆斯说。

劳拉说:"办法当然有。既然物体的温度直接影响着红外感应器的灵敏度,那么只要我们找到一个温度更高的物体放到密室里,就可以把红外感应器的感应方位吸引过去。这样,它就会将感应到的错误信息,传输给自动控制系统。"

"我明白了。"詹姆斯恍然大悟,"自动控制系统就会给机枪发送指令,而枪口就会对准那个热量更高的物体进行攻击。于是,咱们就可以躲过攻击了。"

"什么东西能散发出比人体体温还要高的热量呢?"亨特思索着。

"这还用想?"詹姆斯说,"火呀!咱们弄一个火把扔进密室里,准行!"

詹姆斯的建议得到了其他人的一致赞同。关键是地下通道里空荡荡的,根本没有什么可以用来做火把的材

奇袭绝命谷
QIXI JUEMINGGU

料。秦天只好呼叫亚历山大，让他找一些可以制作火把的材料，然后扔下来。

亚历山大去寻找制作火把的材料了。亨特他们在地下通道中焦急地等待着。他们都担心在此期间会有意想不到的事情发生。

第五章

## 机密文件

站在入口下面的秦天终于听到了亚历山大的脚步声。亚历山大将一个已经制作好的火把扔了下来。秦天将火把捡起来一看，木棍的一端缠上了一大团布料，看样子是雇佣兵的军装。而且，布料已经被柴油浸湿了。

"柴油是我从发电机里弄出来的，所以耽搁了一点时间。"亚历山大解释说。

秦天手持火把往回返。詹姆斯早就等不及了，掏出打火机将火把点燃。被浸了柴油的火把熊熊燃烧起来，照得地下通道里亮如白昼。

"快将火把扔进密室里。"詹姆斯催促道。

秦天贴近密室的门口，一甩手，将火把扔到了密室的角落里。火光将密室里照得亮堂堂的，里面的布局一览无余。秦天警觉地观察着密室里的情况，发现一个红

色的光点在转动,同时听到了机械转动的声响。紧跟着,他看到一团火光冒起,几乎同时听到了"哒哒哒"的枪声。果不其然,燃烧的火把将红外感应器吸引了过去。自动机枪在控制指令的操纵下,对准火把发射了子弹。

"咱们成功了。"詹姆斯喜上眉梢,要往密室里冲。

"等等!"秦天一把拉住了他。

"又怎么了?前怕狼后怕虎的。"詹姆斯有些不耐烦了。

秦天说:"虽然红外感应器被引开了,可谁知道里面还有没有其他的机关呢?"

"那你说怎么办?"詹姆斯看着秦天,"难道就站在门口发呆吗?"

秦天将詹姆斯拉到自己的身后:"当然不是,我的意思是让我先进。"

詹姆斯自惭形秽:"既然知道里面有危险,为什么你还要先进去?"

"我在这个世界上无牵无挂,死对我来说并不可怕。"

说着,秦天抬腿走了进去。

听了秦天的话,劳拉心里酸酸的。她知道秦天是个孤儿,而且脑袋里至今仍然保留着那个无法取出的弹头。这枚弹头会时不时地折磨秦天,令他头疼欲裂,生不如死。想起这些,劳拉很难受。她不想看到秦天这副样子,可又找不到解决的办法。

正在游离的状态中,劳拉听到秦天喊:"可以进来了,里面一切正常。"

劳拉回过神来,跟在最后面进入密室。此时,机枪已经停止射击,估计子弹已经打完了。满地都是散落的弹壳,踩在脚下像滚动的滑轮。

密室中有两个铁皮柜子,靠墙放着。

秦天喊道:"劳拉,密码锁就交给你了。"

劳拉一直处在恍惚的状态中,听到秦天喊她才彻底清醒过来。对付这种传统的机械密码锁是劳拉的强项,所以秦天才会喊她。

来到铁皮柜前,劳拉示意大家保持安静。开这种密

奇袭绝命谷
QIXI JUEMINGGU

码锁,需要很好的耳力来听齿轮转动的声音。劳拉耳朵贴在密码锁上,一只手开始转动齿轮。她先是向右旋转,耳朵里可以听到铁皮柜里齿轮转动的声音。"咔!"一声清脆而细小的声音刺激着劳拉的耳朵。听到这声响后,她停止了向右转动密码锁,开始改为向左转动。

刚才那声响意味着第一道密码已经解开了。这时,在铁皮柜里其中一个齿轮的缺口已经对准了锁的金属卡片。当三个齿轮的缺口都对准卡片的时候,在外面扳动把手,卡片就可以向下移动进入缺口。此时,锁也就被打开了。

劳拉向左旋转密码锁两圈之后,又出现了"咔"的一声响。她脸上紧张的表情开始慢慢舒展开来,因为第二道密码也解开了。第三道密码要格外小心,因为一旦弄错就要从头再来。劳拉不负众望,没多久第三道密码也解开了。

詹姆斯迫不及待地拉开铁皮柜的门。还在熊熊燃烧的火把将并不大的密室照得通明,他们能清楚地看到铁

皮柜里的每一件东西。其实，铁皮柜里也没有什么东西，只有一个文件夹。

"我还以为里面会放着什么重要的东西呢！"詹姆斯有些失望。

亨特的态度与詹姆斯的截然相反。他迫不及待地拿起文件夹，打开观看。这一看不得了，他差点兴奋得大叫起来。原来，这是一份绝密文件。

"这里面记载着蓝狼军团所策划的历次恐怖袭击活动的方案。还有他们研制生化武器，准备对某大国发起袭击的计划。"亨特激动地说。

其实，这份机密文件里所记载的东西远不止这么多。亨特只是大致地说出了其中的几项内容。这份文件对于红狮军团来说太重要了。如此重大的发现令在场的人兴奋不已。然而，他们高兴得太早了，因为想把这份文件带回去可不是一件容易的事情。

正当地下密室中的人处于兴奋状态时，亚历山大的声音突然通过耳机传来："大事不好，快上来！"

"你把话说清楚,什么叫大事不好?"秦天转身往外跑,同时问道。

"有两架直升机正朝这边飞来,估计是蓝狼军团派兵来增援了。"亚历山大焦急地说。

亨特将那份机密文件塞进背包里,也开始往外跑。他们还没爬出地下密室,便听到了空中传来的轰鸣声。秦天第一个爬出洞口,向声音传来的方向看去,只见两个闪烁的光点,正向他们的头顶飞来。

"肯定是蓝狼军团总部派来的援兵,咱们快撤!"亨特最后一个爬出来,马上做出了这个决定。亨特还记得停机坪上的那架直升机,他决定带领大家驾驶那架直升机撤退。

"朱莉快到停机坪上来。"亨特没有忘记呼叫正在看守俘虏的朱莉。

朱莉问:"那几个被俘的雇佣兵和武器工程师怎么处理?"

"把他们锁在屋里就行了。"亨特说。

奇袭绝命谷

朱莉把俘虏关在一间屋子里,然后背着枪朝停机坪跑去。她跑到停机坪的时候,其他人已经进入了直升机。

"快上来!"亚历山大伸出大手。

朱莉握住亚历山大的手,被一把拽了上去。头顶的轰鸣声越来越近,亨特看到那两架直升机正朝他们俯冲而来。他知道那是直升机在发起攻击前的战术动作。

"快起飞!"詹姆斯大叫着。

亨特比谁都着急。他发动直升机,拉动操纵杆,一连串的动作娴熟有序。直升机的螺旋桨开始旋转起来,强大的升力将直升机慢慢地拔离地面。

突然,亨特被一束强光照得无法睁开眼睛。原来,迎头飞来的武装直升机已经降低高度,而机载探照灯正朝他们进行照射。强光令亨特无法看清外面的情况,他不敢盲目控制直升机飞行,以免发生危险。

"哒哒哒——"

迎面飞来的武装直升机上的航空机枪,向他们发射了密集的子弹。亨特不知道子弹击中了直升机的什

么部位,但是他能感觉到直升机有些失控。亨特极力操作直升机继续升高,并同时向右转弯,想甩掉迎头而来的敌机。

"想跑没那么容易!"另一架敌机上的布鲁克冷笑道,"今天咱们新账旧账一起算!"

# 第六章

# 空中袭击

赶来救援的蓝狼军团雇佣兵一共有两个战斗小组，分别驾驶两架直升机。其中一个战斗小组正是布鲁克所带领的雇佣兵小队。他正驾驶武装直升机在亨特驾驶的直升机后面飞行。看到亨特想驾驶直升机逃跑，布鲁克毫不留情地按下了航炮的发射按钮。

"嘭嘭嘭——"

一连串的炮弹从亨特驾驶的直升机后面袭来。亨特根本无法防备，直升机的尾翼被弹片击中。尾翼对于直升机来说非常重要，主要用来控制方向和保持平衡。尾翼受损，直升机瞬间失去平衡，在空中打起转来。

亨特急得满头大汗，任凭他如何转动操作杆，直升机就是不听指挥。更加无可奈何的是，他驾驶的是一架运输直升机，而敌人出动的则是两架武装直升机。相比

之下，自己驾驶的直升机就是一个挨打的目标。

失去控制的直升机随时都有可能坠毁。情急之下，亨特只能操纵直升机紧急降落。直升机本来就是刚刚起飞，离开地面也就一树之高。亨特拉动操作杆，控制直升机向地面降落。由于直升机的尾翼已经破损，在下降的过程中飞机不停地旋转，很难操控。

"哒哒哒——"

敌机始终没有停止攻击，而且形成了左右夹击之势，火力越来越猛。秦天感觉到了一股强大的冲击力，身体被狠狠地颠了一下。直升机落到地面上，或者说是摔到地上。秦天的头像被针扎了一下，一阵刺痛。他知道又是那枚"居住"在自己脑袋里的弹头在抗议了。

"快下去！"

亨特大喊，同时推开了舱门就要往下跳。刚刚跳到地上，亨特的身边就落下了密集的子弹。他顾不得观察子弹来自哪里，便没命地向远处跑去。子弹如影随形，落到亨特的身后。他看到了一个大石堆，纵身一跃，跳

奇袭绝命谷
QIXI JUEMINGGU

到了石堆的后面。子弹紧跟着落在他面前的石堆上,击中坚硬的石头,溅起点点火星。亨特把头埋在石堆后面,不敢抬头。

亚历山大举起枪从敌机后面开火了。为了能看清地面的红狮军团,布鲁克将直升机的飞行高度控制得很低。亚历山大突然从后面对空射击,让布鲁克措手不及。他赶紧扳动操作杆,将直升机的飞行高度拉升。

雷特手持步枪,将枪管伸出机窗外,瞄准亚历山大就是一枪。还好,这一枪打得有点偏,根本没有对亚历山大构成威胁。不过,这也不怪雷特,自从他右眼受伤,变成独眼龙后,射击精度就难以保障了。

亚历山大及时出手,将亨特从水深火热之中解救出来。他趁敌机爬升之际,从石头堆后面爬起来,快速地向山脚下跑去。

"快跑,往暗处跑!"亨特同时呼叫其他人。

秦天是最后一个从直升机里逃出来的人。他刚刚向前跑出没有几米远,就听到身后传来一声巨响。紧跟着,

巨大的冲击波将他推倒在地。秦天感觉到五脏六腑都挪动了位置，脏器的绞痛令他痛不欲生。直升机的油箱被航炮击中，发生了爆炸。火苗蹿起几米高，瞬时那架可怜的直升机被埋藏在火海之中。

热浪包裹着秦天，吞噬着他的身体，想要彻底将他征服。秦天挣扎着爬起来，却不料脚下的地面开始旋转起来。他眼前突然一黑，又重重地栽倒在地。

劳拉见状，大喊一声："秦天！"

秦天倒在地上没有丝毫反应，这可把劳拉吓坏了。她冲过来，用力地推晃着秦天。可是，秦天好像睡着了一样，眼睛紧紧地闭着，面色安详。

蓝狼军团驾驶的另一架直升机压低机头，朝劳拉的方向飞来。詹姆斯识破了敌机的企图，急忙举起枪朝着这架直升机疯狂地射击。当然，他知道这些射出的子弹根本对直升机没有任何威胁，此举是为了将敌机吸引到自己的方向上来。

詹姆斯的疯狂举动，果然引起了这架直升机飞行员

的注意。他驾驶直升机转向詹姆斯，然后朝他连续开火。

劳拉趁机背起秦天就跑。别看劳拉身材并不魁梧，但是她每个细胞里都充满了力量。再加上秦天是个小个子，所以劳拉背着秦天奔跑并不费力。

詹姆斯已经被敌机逼得慌不择路。子弹呼啸着从他的身边飞过，说不定下一秒他就会中弹身亡。危急时刻，一直不知道跑到哪里去的朱莉突然出现。只见，她的肩上扛着一个火箭筒，原来她是跑回院子里去找对付直升机的武器去了。

对付直升机最好的武器当然是便携式防空导弹，或者高射机枪。可是，朱莉并没有找到这两样武器，只好扛着火箭筒跑回来。这个火箭筒能够发射口径为40毫米的火箭弹，有效射程为四百米。但是，它是对付陆地上的装甲车和碉堡之类的工事用的，所以用来对付空中的目标效果有限。

朱莉别无选择，只好用它试一试了。一枚火箭弹已经被装进发射筒，朱莉开始瞄准正在追击詹姆斯的直升

机。现在,这架直升机的飞行高度有些高。朱莉估算了一下,认为火箭弹飞出去以后受重力的影响比较大,飞不到直升机所处的高度。

"詹姆斯,你能让直升机再降低一点吗?"朱莉通过耳机大喊。

"你这是不管我的死活啊!"詹姆斯夺命狂奔。

朱莉喊道:"只要它再低一点,我就可以用火箭弹打到它了。"

詹姆斯心一横,突然停了下来。他抬头看着头顶的直升机,大喊道:"有本事你就下来。"喊完这句话,他自己都快被气笑了,觉得自己简直就像无赖在打擂台。

头顶的直升机上,蓝狼军团的雇佣兵狞笑着。其中一个说:"他这是蚍蜉撼大树,自不量力呀!"

"皮特,你把直升机降低一点。我用狙击枪将其射杀。"坐在后面的一名雇佣兵说。

飞行员皮特控制直升机降低了十几米,然后将直升机悬停在空中。后面的那个雇佣兵将狙击枪伸出窗口,

瞄准镜的十字线锁定了詹姆斯。

"朱莉,快呀!"詹姆斯催促道,"再不发射火箭弹,我就要去见上帝了。"

朱莉没有回答,因为她正在全神贯注地瞄准并计算火箭弹的飞行弹道。与水平射击不同,火箭筒向空中发射火箭弹后,弹道会出现明显的弯曲下沉,所以朱莉将瞄准点向上提高了一个刻度。

"轰!"

一声巨响,火箭筒向后喷出一团火,火箭弹从筒中发射出去。出筒之后,火箭弹的弹翼立刻打开,使其以良好的飞行姿态朝着直升机飞去。

"导弹!"

直升机上的雇佣兵被吓得惊慌失措。他们无论如何也没有想到地面会飞来一枚火箭弹。而且,这些雇佣兵根本没看出这是一枚火箭弹,都把它当成了一枚防空导弹。

那个叫皮特的飞行员赶紧拉动操纵杆,想把直升机

拉高。可是,一切都已经晚了。

火箭弹击中了直升机。一声巨响过后,空中炸出一团火。那名雇佣兵的子弹还没有射出,直升机就在空中解体了。詹姆斯被头顶的巨大火团惊呆了,两条腿竟然像被埋在泥土中一样,拔不出来。

"詹姆斯,快跑呀!"朱莉一声大喊。

詹姆斯回过神来,拔腿就跑。

"轰!"

詹姆斯还没跑出多远,身后便传来一声巨响,脚下的地面随之震动起来,他下意识地卧倒在地,头埋在两臂之间。直升机狠狠地摔在地上,火光冲天。詹姆斯从地上爬起来,看着身后的熊熊烈火,傻傻地笑起来。朱莉跑过来,拉起詹姆斯向山脚下跑去。

# 第七章

# 绝处逢生

当詹姆斯和朱莉跑到山脚下时,看到劳拉正在呼唤秦天。秦天的状态看上去很不好。他静静地躺在地上,紧紧地闭着眼睛,没有任何反应。詹姆斯握住秦天的手腕,能感觉到他的脉搏仍然有规律地跳动着,只不过比正常人微弱了许多。

"詹姆斯,你们在哪儿?"亨特的声音传来,"快到我这边来,咱们必须沿着绳子爬上悬崖。"

亨特和亚历山大已经甩开了布鲁克驾驶的直升机,躲避到悬崖下面的一个小洞穴里。布鲁克驾驶直升机不敢靠近,因为一不小心直升机就会撞到山崖。夜色掩护了红狮军团的行动,否则他们现在已经成为蓝狼军团的战利品。

詹姆斯背起秦天,对劳拉说:"你们放心,我估计秦

天只是昏迷了而已。"

背着秦天,詹姆斯朝亨特的位置跑去。朱莉和劳拉跟在后面,警惕地观察着空中的直升机。现在,红狮军团在暗处,蓝狼军团的直升机在明处,如果有得心应手的武器,这架直升机就会成为活靶子了。可惜,现在他们手中的武器对付空中的直升机就像烧火的木棍一样,毫无用处。

如果等到天亮,红狮军团将变得无处遁形,而蓝狼军团便可以充分发挥空中的火力优势,对他们进行居高临下的打击了。所以,红狮军团必须在天亮之前逃出绝命谷。

所有人聚集到亨特发现的小山洞里。詹姆斯把秦天平放在地上,摸了摸他的头,很烫。

"快想办法逃出去。"劳拉焦急地说,"拖得越久,秦天的生命越有危险。"此时此刻,她只想着如何以最快的速度将秦天送进医院。

亨特同样着急,他把头探出洞外,看到蓝狼军团的

直升机正在上空盘旋,机载探照灯向他们这边照射过来。亨特把头缩回洞里,说道:"等探照灯移开,咱们就跑出山洞,然后从原路爬出去。只要进入了山林,直升机就拿咱们没办法了。"

目前来看,也只有这个办法了。大家做好了机动的准备。探照灯的光线刚刚从洞口移过,亨特便带头跑了出去。其他人依次而出。亚历山大将秦天背在了背上。

红狮军团弯着腰向前疾奔。突然,已经移过的探照灯光线又返了回来。"快趴下!"亨特急忙喊道。

亚历山大背着秦天,所以卧倒的动作慢了一些。光线扫过的时候照到了他的后背。直升机上,负责观察的美佳喊道:"发现他们了,就在那边。"她将探照灯对准了红狮军团藏身的位置,调整照射角度,想让红狮军团暴露在光线之下。

由于直升机不敢靠近山体,加之担心降低高度后会遭到火箭弹的攻击,所以布鲁克将直升机控制在绝对安全的距离和高度。这样一来,美佳虽然竭尽全力地调整

探照灯的角度,但是仍然无法将红狮军团的藏身之处照射得一清二楚。

"就朝着那个位置打,他们肯定藏在那里。"美佳肯定地说。

泰勒将上半身探出机舱,架起一挺班用机枪,朝着探照灯照射的位置开始了疯狂射击。

"哒哒哒——"

子弹如雨点般落下来,像收割机一样将红狮军团藏身之处附近的草木拦腰打断。

"快跑!"亨特大喊了一声,从地上跃起。

大家都知道如果还趴在原地不动,用不了几秒钟他们就会死在敌人的枪口之下。其他人纷纷跃起,弯着腰向前跑去。亚历山大依旧背着秦天,像一头壮硕的犀牛"咚咚咚"地踩着地面。

"我已经看到他们了。"泰勒得意地说,"一个也别想跑。"

看到红狮军团的身影之后,雷特也把枪口伸出了机

奇袭绝命谷

舱外，手指扣动扳机，子弹连续被发射出去。

"你靠边，让我来。"艾丽丝用力地向后拽他的胳膊，"你这个独眼龙打枪一点准头都没有。"

雷特顿时怒火中烧，感觉自己受到了莫大的羞辱。自从上次战斗中瞎了右眼之后，雷特在蓝狼军团中的地位一落千丈。特别是凯瑟琳和艾丽丝，这两位蛇蝎心肠的女生，动不动就管他叫独眼龙。虽然雷特生气，但还是被迫让出了射击位置。艾丽丝取代雷特，朝逃跑中的红狮军团发动了猛烈攻击。

地面上，红狮军团慌不择路。劳拉跟在亚历山大的后面，生怕昏迷中的秦天被子弹击中。突然，她想到自己的腰间还有一枚闪光雷。这可是救命的法宝。想到这里，劳拉拔下闪光雷，朝身后抛去。闪光雷爆炸，刺眼的强光瞬间闪起。直升机上，蓝狼军团的雇佣兵被强光晃了眼睛，瞬间眼前变得漆黑一片。

布鲁克最害怕了，因为他驾驶着直升机。在失去视力的情况下，最好让直升机悬停在空中。于是，他赶紧

操纵直升机,让其保持悬停的状态。幸亏布鲁克对直升机的控制面板熟记于心,就是闭着眼睛也能摸到相应的按钮,否则还真会带来不小的麻烦。

虽然泰勒和艾丽丝的眼前同样是漆黑一片,但是他们并没有停止射击。凭借良好的方向感,他们两个发射的子弹一直在追着逃跑的红狮军团。

没多久,蓝狼军团的视力恢复了正常。但是,在他们的视线中却已经找不到红狮军团的身影了。布鲁克驾驶直升机朝红狮军团逃跑的方向飞去。美佳调整探照灯的方向,照射着地面进行搜索。奇怪,短短的十几秒,红狮军团竟然奇迹般地消失了。

"说不定他们都已经中弹身亡了。"泰勒说。

此时,红狮军团已经进入一个不可思议的地方——山体隧道。这绝对是一个奇迹,当他们被逼上死路的时候,却在死亡的边缘发现了一条可以通向生存之路的隧道。

事情是这样的,劳拉向身后抛出了一枚闪光雷。当强光闪耀的瞬间,跑在最前面的亨特看到在山体上出现

奇袭绝命谷

了一条幽深的隧道。他简直不敢相信自己的眼睛,还以为是出现了幻觉。

由于没有防备,亨特的眼睛也暂时失去了视力。但是他摸着黑,跌跌撞撞地朝隧道的位置冲了过去。他的身体还没有触及崖壁,便感觉到有一股强大的力量在吸引着自己的身体。紧跟着,亨特两脚离开了地面,身体横在了半空中。

"嗖——"

亨特的耳边生起风声,身体瞬间从静止状态加速到火车疾驰般的速度。

"咣当!"

在极短的时间内,亨特的身体便掉落在地上。虽然只是从一米多高横着摔下来,但是他却感觉好像被摔散架了一样,浑身上下没有一个地方不疼。

亨特挣扎着想爬起来。可是,他刚刚撅起屁股,便被狠狠地砸在了地上。紧接着,一个又一个的人砸下来,在亨特的身上堆成了小山。最后一个落下来的是劳拉,

她并没有感觉到痛,因为下面已经为她垫好了厚厚的肉床。

"这是怎么回事儿?我们在哪里?"劳拉站起来问。

亚历山大一翻身,把秦天掀到了地上。他忘记了秦天还背在自己的后背上。

"秦天!"劳拉赶紧蹲下身子,抱起秦天,并抬头怒视着亚历山大。

亚历山大一脸委屈:"我忘了后背上还有一个人。"

其他人一个接着一个地爬起来,都搞不清到底身在何处。彷徨的脸上,两只迷茫的眼睛来回转动着。直升机的轰鸣声清晰地在耳边响着,这说明他们还没有离开绝命谷。

# 第八章

# 死亡隧道

正当大家不知身处何处之时,秦天却睁开了眼,这也算是意外的惊喜吧!

"我这是在哪儿?"秦天挣扎着坐起来,头一阵剧痛。

"你终于醒了!"劳拉激动地说,"我们也不知道这是什么地方。"

秦天虽然苏醒过来,但是他感觉全身的骨头好像都被抽走了,软绵绵的,一点力气也用不上。最难以忍受的是,他的头针刺般地痛,而且眼前一片模糊。

"这里应该不是一个简单的山洞,而是一条穿过整个山体的隧道。"亨特用手电筒向洞穴的深处照去,在光线消失的地方仍然没有看到尽头。

"如果是一条隧道那可就好了。"亚历山大兴奋起来,"只要咱们沿着隧道走,肯定能逃出绝命谷。"

朱莉沉思着:"我觉得这条隧道没有那么简单,比如刚才咱们是被一股强大的力量吸进来的。这足以说明它非同寻常。"

亨特分析说:"绝命谷四面环山,容易在谷内形成强大的气旋,而隧道从山体中穿过,成为了气旋排出的唯一通道,所以可能会在洞口产生强大的吸力。"

听了亨特的分析,朱莉也开了窍。她补充道:"今晚直升机在绝命谷上空长时间盘旋,螺旋桨转动产生了强大的气旋,起到了推波助澜的作用。气流在谷内来回撞壁,越来越强,最终聚集于洞口,从隧道排出。"

两个人相互补充,竟然说得有些道理。既然这是一条可以通往外界的隧道,那么还等什么呢?红狮军团开始向隧道深处走去。这真是"车到山前必有路,船到桥头自然直"。莫非,冥冥之中上天在有意帮助红狮军团吗?

天色渐亮,蓝狼军团再也没有发现红狮军团的影子。难道让他们逃跑了吗?布鲁克百思不得其解,驾驶直升机落在停机坪上。蓝狼军团全副武装地从直升机上走下

奇袭绝命谷
QIXI JUEMINGGU

来,开始在绝命谷中搜索。

"咱们要多加小心!"布鲁克叮嘱道,"这几个死对头可是一个比一个狡猾。"

其他人自然不敢掉以轻心,因为他们都曾经被红狮军团教训过。尤其是雷特,他失明的右眼就是最刻骨铭心的痛。

凯瑟琳抬头看着崖壁,心想:红狮军团会不会藏在了半山腰的某个地方?可是,崖壁像被一把锋利的刀垂直切下来的,别说是人,就是那些能够飞檐走壁的野生动物都很难在上面停留。

"真是奇怪,他们到底藏到哪儿去了?"艾丽丝怎么也想不明白。

"咱们不用再费力寻找他们了。"布鲁克突然说。他停住脚步,目光停留在山崖下的一个小洞口上。

"为什么?"其他人不解地问。

"因为那几个愚蠢的家伙已经被吸进了死亡隧道。"布鲁克答道。

"死亡隧道?"其他人还是头一次听说这个地方。

布鲁克指着山崖下的洞口说:"这里就是死亡隧道,一个有去无回的神秘隧道。"

雷特很是好奇,准备走过去一看究竟。布鲁克一把拉住雷特:"你找死吗?我说过了,那是死亡隧道。"

"你少吓唬人!"雷特不以为然,"我又不是三岁小孩!"

布鲁克松开手:"不信,你就走过去试试。"

布鲁克一松手,雷特反而心里犯起了嘀咕,站在原地不敢往前走了。

"我绝对不是信口开河。"布鲁克接着说,"三年前,我曾经在绝命谷参加过执勤任务。那时候,我是一名刚刚加入蓝狼军团的新手。当时,就有人警告过我千万不要靠近死亡隧道。那时候,我根本不信。直到有一天,我和一名雇佣兵来到隧道口验证。结果,那名走在我前面的雇佣兵被吸进了洞里,再也没有出来。"

听了布鲁克的话,其他人都惊呆了。天底下竟然还

真有这样奇怪的地方,太不可思议了。其实仔细一想,这也并不足为奇,世界上不是有好多未解之谜吗?比如会让轮船离奇消失的百慕大三角。

"既然红狮军团进入了死亡隧道,也就必死无疑了。"艾丽丝说,"那咱们也撤吧!这个鬼地方我可不想多待。"

布鲁克也是这样想的,他可是亲眼见证过有人被吸进隧道里。当时的画面时常出现在他的脑子里,令他不寒而栗。

"咱们先别急着回总部,我带你们去一个地方。"布鲁克说。

"去哪里?"艾丽丝问。

"雷霆山庄。"

这个地方听上去不错,好像是一个度假村。其他人都充满了期待。

艾丽丝接着问:"雷霆山庄在哪儿?好玩吗?"

"飞过这座山,没多远就到了。想当年,我在绝命谷执行完执勤任务,便去了雷霆山庄。现在想起来,那段

经历是最难忘的。"

"你到雷霆山庄做什么?"艾丽丝一问到底。

蓝狼军团已经重新回到了直升机上。布鲁克发动直升机,回答道:"雷霆山庄外表看上去像是一个度假村,但实际上是蓝狼军团训练新兵的秘密基地。当年,我负责在那里训练新兵,别提多威风了。"说着,直升机已经拔地而起,向山的那边飞去。

在死亡隧道中,红狮军团正排成一路向前走着。隧道深不见头,越往里走越阴森。隧道的顶部不断向下滴着水,地面上的积水没过他们的脚面。

秦天的头还在痛,而且感觉到越来越冷,但他没有表现出来,以免其他人担心。隧道里为什么这么憋闷呢?秦天感觉到快要窒息了,头越来越晕,眼前越来越黑。他以为是自己头里的弹头在作怪,所以便坚持着跟在后面,没有说话。

其实,不仅秦天一个人有这样的感受,其他人也是如此。劳拉扶着墙壁,大口地吸着气,艰难地说:

奇袭绝命谷

"我……我快要不行了。"刚刚说完这句话,她便瘫软在了地上。

距离最近的秦天弯腰去扶劳拉,却没想到自己也倒在了她的身边。紧接着,朱莉、詹姆斯、亨特、亚历山大,依次瘫倒在地上。

死亡隧道的恐怖绝非虚传,凡是误入者至今无人生还。红狮军团能成为例外吗?

## 第九章

## 死里逃生

亨特感觉自己的脑袋里像是被放进了一个秤砣,沉得抬不起来。他费力地抬起眼皮,朦朦胧胧地看到眼前站着一个人。这是一位女生,在没有看到脸之前,亨特就已经做出了判断,因为她穿着绣有古典花纹的湛蓝色旗袍。

旗袍?亨特满脑子都是问号。什么人会穿旗袍呢?在这个世界上恐怕只有一个国家的女性习惯穿旗袍。当亨特的目光移到这位女生的脸上时,他肯定了自己的判断。女生是一副东方面孔,五官清秀,透着几分质朴。她是中国人,这一点毫无疑问。

亨特又有些怀疑自己的判断,因为他明明记得自己晕了过去。莫非,现在已经来到了地狱?不,应该是天堂才对,地狱不会有如此优雅的女生。为了验证自己的

判断，亨特用力地拧了一下大腿。亨特失望了，因为他并没有感觉到疼。

"谁拧我？"

亚历山大突然坐起来，大声问道。原来，亨特迷迷糊糊地拧了亚历山大的大腿一下，怪不得没有感觉到疼呢！

亚历山大一声大喊，把其他人从昏迷状态唤醒。他们纷纷挣扎着坐起来，不知道到底发生了什么。

"你们都醒了！"一个温柔的声音在每个人的耳边响起。

詹姆斯看到一位身姿曼妙的少女就站在身旁，还以为自己在做梦。"你是谁？我们这是在哪儿？"他问。

"你们叫我阿兰好了。你们还在死亡隧道里。"穿着旗袍的女生回答。

"阿兰，一定是你救了我们。谢谢你！"劳拉挣扎着想要站起来，却四肢无力。

"快坐下，你们需要再休息一会儿才能站起来，否则会再次晕倒的。"阿兰说。

"这到底是怎么回事儿?"亨特问,"你为什么说这条隧道是死亡隧道?"

阿兰不慌不忙,从身后的一个背篓里掏出一种植物根茎,用刀子切成了几段,分发给红狮军团。"你们先把这个嚼着吃了。然后,我再慢慢告诉你们。"

"好苦!"詹姆斯咧着嘴,"你给我们吃的是什么东西,会不会有毒?"

"当然有毒!"阿兰说。

詹姆斯赶紧把嘴里的东西吐出来,质问道:"你竟然给我们吃有毒的东西?"

"哈哈!"阿兰发出银铃般的笑声,"你不用怕,虽然这是一种有毒的草药,但却能够以毒攻毒,化解你们刚才所中的毒。"说着,阿兰又切了一段这种草药递给詹姆斯。

詹姆斯半信半疑地接过草药,心想这位旗袍女生应该不会害他们,因为她完全可以在他们昏迷的时候下手。于是,詹姆斯又把草药放进了嘴里,细细地咀嚼起来。

虽然，这种草药一开始嚼起来很苦，但慢慢地便有了甘甜的味道。

草药服下以后，没几分钟红狮军团便感觉到头不再那么重了，四肢也有了力气，眼前的旗袍少女也变得清晰起来。

看清这位少女后，詹姆斯不由得感叹，这是他见过的最漂亮的女生，简直就像从画里走出来的一样。

"阿……阿兰，现在你可以告诉我们都发生过什么了吧？"詹姆斯变成了磕巴。

朱莉嘲笑道："你没见过美女吗？竟然激动成这副样子！"

詹姆斯的脸红成了猴屁股，他怒视着朱莉，一句话也说不出来。

阿兰赶紧解围："我发现你们的时候，你们已经晕倒了。这是因为死亡隧道里，存在着好几个可以夺去性命的危险地段，所以误入其中的人没有一个能活着走出去。刚才，你们晕倒的地方便是第一个死亡地段。"

"第一个死亡地段?"亨特问道,"我们在那个地段为什么会晕倒?"

阿兰说:"是毒气!"

"怎么会有毒气呢?"亨特追问。

"这是因为山体的石头中含有一种有毒的物质。这种物质会在水的浸泡下从石头中释放出来,形成有毒的气体。这种毒气无色无味,但毒性极大,会很快损害人的中枢神经。如果中毒者得不到及时的抢救,很快就会毙命。"

秦天回想起来,他们在经过那一地段时的反应,的确像是中毒了。"那么我们为什么能醒过来呢?"他问阿兰。

"我发现你们的时候,你们才刚刚晕倒。"阿兰说,"我马上给你们服用了解毒药水,然后把你们逐个拖到了这里。"

"你给我们喝的什么药水?"詹姆斯好奇地问。

阿兰掏出一个小瓶子晃了晃:"就是用刚才那种草药熬成的药水。"

詹姆斯拿过阿兰手中的小瓶子:"我觉得头还是有点

晕,可以再喝点吗?"

阿兰赶紧夺回瓶子:"这可不行。我不是说过了吗,这种草药也是有毒的,喝多了同样会中毒身亡。"

休息了一会儿后,虽然红狮军团的头还有些晕,但是他们的四肢已经恢复了力量。

亨特问:"我们如何才能走出死亡隧道呢?"

"你们跟着我就行了。"阿兰背起放在地上的背篓,"只有我才能把你们安全带出这里。"

阿兰背着藤条编织而成的背篓,快步走在前面。她乌黑的长发扎成马尾辫,在脑后来回地晃动。蓝色的旗袍上绣着白色的花纹,婀娜的身材令劳拉和朱莉羡慕不已。

几乎所有人都对这个突然出现的女生充满了好感。唯独秦天看着阿兰,总觉得哪里不对劲。既然这里是死亡隧道,那她为什么会出现在这里呢?如果像阿兰所说,死亡隧道里充满了危险,凡是误入者没有一个能活着出去,那么她又是如何来去自如的呢?阿兰的身上有着太多的秘密。她到底是什么人呢?

詹姆斯一直紧跟在阿兰的后面问东问西，不过每句话都问不到点子上。他所感兴趣的并非阿兰身上的秘密，而是阿兰这个人。

虽然秦天的头还在隐隐作痛，但他还是赶上来，将詹姆斯挡在自己的身后。詹姆斯很不高兴，拉着秦天的衣服，小声地说："你别挡着我！"

秦天同样小声地说："我只不过想问阿兰几个问题。"

阿兰并没有注意到身后的举动，依旧快步向前走着。

秦天问："阿兰，你是哪里人？"

"我……我是苏里人。"阿兰答道。

秦天和阿兰同是中国人，却从未听说过苏里这个地方。于是，秦天进一步追问："苏里是哪个省的？"

"苏里是湖南省的。"阿兰随口答道，"那里可是一个山清水秀的好地方。"

湖南竟然有个叫苏里的地方，秦天还是头一次听说。"那你为什么会出现在这里呢？"秦天接着问。

阿兰头也不回，毫不犹豫地说："我是十五岁的时候

跟随父母移民到这里的。"

这个理由在秦天看来漏洞百出。一个不远万里移民到异国的家庭，应该会选择定居在条件优越的城市，最起码是一座小镇上。可是，这里位于深山险境，别说一个从国外移民来的家庭，就是本地人也没有在此定居的。

"你为什么会居住在深山里呢？"秦天问。

"我没有住在深山里呀！"阿兰说，"我和父母一起住在城里，只不过每年这个季节都会在这里短住一些时日，来采一些草药而已。"

詹姆斯不高兴了，拽着秦天说："你想查户口吗？别总问东问西的。你要知道女生都是有小秘密的。"

"你又不是女生，怎么知道这些？"秦天反问。

詹姆斯哑口无言。

阿兰并不生气，爽快地说："我没什么秘密，可以毫无保留地告诉你们所有关于我的事情。"接下来，阿兰一口气把秦天想要问的问题都说了出来。

# 第十章

## 神秘的女生

原来，阿兰的父母都是中医，他们移民以后，在城里开了一家中医馆。这个中医馆一开始并不被当地人认可，但后来随着患者被不断治愈，口碑越来越好，现在已经在当地小有名气了。

中医馆治病主要是靠草药和传统医术的针灸、推拿、按摩等。为了能够采集到上等的草药，阿兰的父母经常深入深山老林，四处寻觅。一次偶然的机会，他们发现在绝命谷所处的这条山脉上，生长着许多优良的草药。从此，每年的这个季节他们都会带着阿兰一起来这里采药。

听了阿兰的讲述，大部分人觉得无懈可击。秦天还是有些疑问，便又问道："那你们是如何发现死亡隧道的，又为何可以自由出入而没有危险呢？"

"那是前年的事情了，当时老爸带着我正在采集一种

叫作四叶草的药材。突然，草丛里跑出一只小动物。它是一只银狐，非常稀有的野生动物。老爸急忙带着我去追银狐。"

"你们想抓住那只银狐吗？"劳拉问。

阿兰摇摇头："我们从不伤害野生动物。老爸之所以要追那只银狐，是因为在银狐的栖息之地肯定会有名贵的药材。"

接下来，阿兰所讲的故事更加离奇。那天，她和老爸一直紧追着银狐不放。后来，银狐跑进一个洞穴。阿兰和老爸也跟着追了进去。进入洞穴之后，父女二人发现银狐已经不见了，而洞穴幽深得看不到尽头。他们谨慎地向洞穴里走，才发现这竟是一条穿越山体的隧道。

没走多久，父女二人便开始感觉四肢无力，头脑发晕。阿兰老爸是中医，马上就想到了原因。他想银狐进入这条隧道能够安然无事，就说明银狐平时所吃的食物中肯定有能够化解毒物的东西。于是，他从背篓里寻找刚刚采集的草药进行尝试。结果，在吃下了四叶草的根

茎后，中毒的症状便慢慢地消失了。

"你们可真够走运的。"听到这里，詹姆斯插话道，"多亏你父亲是一名中医。"

阿兰骄傲地说："我父亲的医术高明，还是难得的药师呢！不过，即便如此，那次他也知难而退了，因为他担心我会在隧道里遇到危险。后来，老爸又多次进入死亡隧道，终于成功地解开了这里所有的秘密，并且发现了好几种名贵的药材。今天，我就是专门进入隧道来收集一种叫作'弥陀罗'的药材的。"

"这是一种什么样的药材？名字好绕口。"詹姆斯说。

"别着急，你们马上就可以看到了。"阿兰说，"这种药材就在前面的路上，我正要去采集呢！不过，你们要做好准备，'弥陀罗'可不是那么好采集的，这种药材的附近会危机四伏。"

大家都相信阿兰的话，因为他们已经领教过死亡隧道的厉害了，深信这里还隐藏着更多危险的东西。至于"弥陀罗"到底是什么东西，他们充满了好奇。

又向前走了一段距离,阿兰突然停下来,神秘地对红狮军团说:"再往前走没多远,就要碰到一种可怕的东西了。咱们必须多加小心,否则就有可能变成一堆白骨,永远也别想离开这里。"

阿兰绝对不是在危言耸听,在他们的脚下大大小小的白骨随处可见,有些还是完整的骨架,有动物的,也有人的。亚历山大紧张地端起枪,把子弹推进了枪膛,故作镇静地说:"什么可怕的东西我没见过,来一个消灭一个。"

"呵呵!"阿兰轻声一笑,"你的枪可对付不了那些可怕的东西。它们根本不怕子弹。"

连子弹都不怕,那到底是什么妖魔鬼怪呢?红狮军团的心里更没底了。

阿兰从背篓里取出一把镰刀,这是她用来采草药的。难道子弹对付不了她所说的那种怪物,镰刀就可以胜任了吗?这个逻辑似乎不太合理。

詹姆斯取代了秦天,重新回到了阿兰的身后。他警

觉地观察着四周,对阿兰说:"别担心,我保护你!"

阿兰回头看了詹姆斯一眼,嘴角微微上扬:"谢谢,不过也许应该是我保护你才对。"

詹姆斯很尴尬,但却始终不离阿兰的身旁,就像一位虔诚的追随者。阿兰再次停下来,用手电筒照着隧道的石壁说:"就是这里了。"

红狮军团瞪大了眼睛,既没有发现什么名贵的药材,也没看到什么可怕的怪物。他们开始怀疑阿兰是不是在危言耸听。

"大家一定要保持安静,尽量屏住呼吸。"阿兰蹲下身子,开始用镰刀在石壁上割一种黄色的东西。

"这是什么?"朱莉好奇地问。

"药材呀!"阿兰答道,"这就是我所说的那种名贵药材。它是慢慢地从石缝里渗透出来的,每年才积攒这么一点点,所以非常珍贵。"

朱莉用手摸了摸这种黄色的物质,感觉黏黏的,好像胶水一样。她实在搞不懂中医为什么可以把大自然里

很多看似毫无价值的东西当作药材,更不明白的是这些东西竟然还真的能治病。也许她永远也不会理解自然中万物相生相克的规律,以及天地人合一的深厚文化精髓。

"这东西是怎么形成的?有什么用?"朱莉突然有了兴趣。

阿兰非常小声地说:"这是好几种矿物质的混合物,经过山体的漫长运动逐渐形成的,并以黏液的状态渗透出来。它是治疗肿瘤的良药,异常难得,所以每年我才会冒着生命危险来这里采集它。"

阿兰像割蜂胶一样将这种黏稠的黄色物质割下来,放进一个塑料容器中。红狮军团也开始帮忙,这样一来采集的速度明显加快。

这种物质渗出来以后,其中所含的水分挥发后,变成了胶状物。亚历山大用军刀去切割这种物质,本以为会很轻松地将其割断,却没想到它韧性十足,需要费一番力气。

突然,亚历山大感到手臂上有些痒,好像是被蚊虫叮咬了一口。他伸手去拍,发出了"啪"的一声响。阿兰紧

张地转头看着亚历山大:"你是不是拍死了什么东西?"

亚历山大用手电筒去照自己的手臂,看到一个怪怪的东西被自己拍死了。由于用力过大,这个小东西的全貌已经看不清,只是看到它的口中有一对大大的牙齿,身体上长着一对翅膀。

"不好,咱们快离开这里。"阿兰看到亚历山大胳膊上的"死尸"后,惊恐地说。

其他人不知道到底发生了什么,但他们通过满地的白骨和阿兰曾经的介绍,能够猜出一定是那种可怕的怪物要出现了。所以,他们赶紧停止采集药材,准备跟随阿兰离开这里。

可是,他们的行动晚了一步。亚历山大突然感觉到浑身奇痒,好像有千万条虫子在他的身上爬。紧接着,痒的感觉消失,痛的感觉如潮水般袭来。那种感觉就像万支钢针刺进了他的皮肤,疼痛难忍的亚历山大倒在地上打滚儿。

"你怎么了?"秦天赶紧去扶亚历山大。

"别碰他!"阿兰大喊。

# 第十一章

## 逃出隧道

秦天的手已经碰到亚历山大的身体。就在这一瞬间,他感觉到有数不清的生物沿着自己的手臂,迅速爬向全身。不足一秒钟,秦天便出现了和亚历山大相同的症状——先是痒,后是痛。不仅如此,秦天还能感觉到自己的血液在被快速抽吸,顿时呼吸变得困难起来。

"谁也不要碰他们,否则都会变成和他们一个样子。"阿兰大声警告。

但是,有一个人并没有听阿兰的警告。那就是劳拉,她看到秦天倒地翻滚,面色越来越苍白,忍不住抓住他的胳膊,不知所措地问:"这到底是怎么回事儿?"

阿兰见局势已无法控制,便喊道:"快扛起他们跟我来!"

亨特和詹姆斯分别扛起了秦天和亚历山大,跟在阿

兰的身后向前跑去。很快所有的人都感觉到浑身奇痒，随之而来的是针刺般的疼痛。

"坚持住，马上就有办法了。"阿兰大喊着。她感觉到正有一根根针刺入自己的每一个毛孔里，然后血液从这些针孔里被源源不断地抽出。

隧道突然变得豁然开朗起来，前面出现了一个约有二十几平方米的洞厅。在这个洞厅中间有一个冒着热气的水池，也不知道水有多深。

"快跳进去！"阿兰大喊，率先跳入了水池中。

红狮军团一个接一个跳入了水中。水的温度不高不低，浸泡着身体好舒服。秦天感觉到身上的一根根"钢针"正在被一只无形的手拔出，刺痛的感觉逐渐消失。其他人和秦天的感觉完全相同。刺痛感消失之后，他们开始享受起泡在水里的感觉。

詹姆斯说："这潭水应该是上好的温泉，而且蕴含多种矿物质，有祛湿排毒的功效。"

"你还真说对了。"阿兰说，"这水的确是温泉，不仅

有你刚才所说的功效,而且能够对付吸血怪虫。"

"吸血怪虫?就是刚才差点把咱们送上西天的那种怪虫吗?"詹姆斯问。

此时,在水面上密密麻麻地漂着一层虫子。阿兰随便捞起一只说:"这种虫子就是夺取众多生命的罪魁祸首,隧道里的那些白骨就是它们的杰作。"

简直不可思议,秦天看着这种只比蚂蚁大一点的小虫子,心想它们怎么可能将大体型的动物吃得只剩下骨头呢?

"别看这种虫子小,但是它们一旦嗅到血腥味儿就会从四面八方聚来,爬满人或者其他动物的身体表面,将钢针般的一对大牙刺进皮肤内,迅速地吸血。即使再强壮的动物或者人,也拿它们没有办法。"阿兰解释道。

阿兰还跟红狮军团讲了很多关于吸血怪虫的知识。原来,这种怪虫并非在死亡隧道里到处都有,而是仅仅生活在刚才他们采集药材的那个地方。所以,阿兰说那是一个危险的地段。据阿兰说,这种怪虫是和药材共生

共存的，在药材中还存有怪虫的虫卵。可见，那种奇特的药材是怪虫的卵床。所以，要想采集到那种名贵的药材必须要冒这个险。药材在被采集回去之后，就必须要马上进行高温蒸煮将虫卵杀死，否则这种怪虫就有可能扩散到更多的地方去。

吸血怪虫怕水，所以被淹死在温泉里。虽然泡在温泉里很舒服，但是他们不能一直待在里面不出来。大家从温泉里出来，继续向隧道外走去。阿兰对死亡隧道里的玄机了如指掌，总是提前将预防的方法告诉给红狮军团。这样，他们有惊无险地经过了一道道鬼门关，眼看就要成功穿越死亡隧道了。

亨特突然想起了放在包里的那份秘密文件。只要走出死亡隧道，他就要以最快的速度赶回红狮军团总部，将这份秘密文件交给上级。可是，亨特突然意识到了一件可怕的事情。那就是刚才自己的挎包也被浸泡在了温泉里，文件会不会已经被泡烂了呢？他赶紧打开挎包，心里顿时凉了半截。文件虽然没有被泡烂，但是却已经

湿透了。

"坏了,坏了,千万别前功尽弃呀!"亨特嚷嚷着,赶紧把文件掏出来。

"这是什么东西?你如此紧张?"阿兰问。

"这是——"亨特的话说了一半又改口了,"这是我写的一部还未完本的小说。"

阿兰毕竟是一个半路遇到的人,虽然她救了红狮军团,并且介绍了自己的身份,但作为一名成熟的特种兵,亨特还是留了一个心眼儿。

"你写小说?我怎么从来都不知道?"詹姆斯竟然傻乎乎地问。

"难道我写小说,一定要让你知道吗?"亨特狠狠地瞪了詹姆斯一眼,心想这小子自从看了阿兰第一眼以后,情商和智商都在直线下降。

阿兰问:"我也算个文学爱好者,能不能拜读一下你写的小说呢?"

亨特赶紧推辞道:"写得太差,实在拿不出手。再说

纸都弄湿了,也没法翻看。"说着,亨特赶紧把这份机密文件又塞回到挎包里。

虽然瞒过了阿兰,但是亨特却一直在担心着这件事。他怕被水浸泡过的纸粘在一起的时间过长,会很难再分开。如果不及早进行晾晒,估计这份文件会损坏得不成样子了。

一路上亨特都在想着这件事,所以默默地跟在后面。突然,他觉得头有些痛。亨特想也许是自己想得太多,从而引起了头痛。于是,他尽量不去想那份文件的事情。结果,亨特并没有感觉到头痛的症状有所减轻,反而变得更加严重了。难道死亡隧道里又出现了什么玄机吗?

秦天的头比亨特的头还痛。不过,他并没有想到是因为死亡隧道里的什么东西导致的。秦天认为,肯定又是他头颅里的残留弹头在作怪。所以,他一直忍着没有说话。

阿兰步履轻松,像是施展了轻功,越走越快。红狮军团竟然跟不上她的步伐了。当然,并非红狮军团的脚

力不强,而是他们都在忍受着莫名的头痛。不仅是头痛,他们甚至开始感觉到浑身无力,恶心想吐,就像患了一场重感冒。

"阿兰,你的头不痛吗?"亨特问。

阿兰依旧快步走着:"不痛呀!"

"那我们的头为什么会很痛?而且,呕——"话还没说完,亨特便呕吐起来。

阿兰这才停下脚步,有些得意地看着亨特。其实,她早就知道红狮军团的头在痛了。只不过,她想给这些人一点教训,特别是亨特。阿兰为什么要这样做呢?这都是因为亨特刚才所说的谎言。

阿兰可没那么好骗。亨特谎称那份绝密文件是他写的小说。这个弱智的谎言一眼便被阿兰识破了,不过她绝不会去当面揭穿,因为那样做只会让红狮军团对她更加防备。除此之外,阿兰还有一个不可告人的目的,而她现在所做的一切都是在为这个目的而服务。

红狮军团已经吐成了一片,疲软的身躯眼看就要瘫

倒在地上了。阿兰转身架起詹姆斯："大家再坚持一下，马上就要走出死亡隧道了。"

詹姆斯真是受宠若惊，没想到阿兰会在这几个人当中唯独选中了自己。他本来已经疲软的身体，一下子又变得挺直起来，加快步伐和阿兰一起向前走去。阿兰之所以会选择搀扶詹姆斯，是因为她觉得詹姆斯城府不深，是其中最友善的人。

红狮军团之所以会出现头痛、呕吐、四肢无力的症状，是因为他们正在经过充满放射性元素的路段。在死亡隧道的这一段路程中，山体石头中含有放射性极强的元素。如果人在此停留的时间过长就会被放射性元素所伤害，甚至会引起死亡。

那么为什么阿兰会安然无恙呢？秘密就在她所穿的旗袍里。阿兰的旗袍外表看来就是一件做工精细的中式服装。其实不然，这件旗袍采用了高新的纳米技术，并非由蚕丝、棉线或者化纤材料编织而成，而是价格昂贵的防辐射纤维。所以说，这件旗袍其实上是一件防辐射

外衣。

红狮军团咬紧牙关跟在阿兰的后面,终于看到刺眼的光线从前方的出口照射进来。阿兰和詹姆斯率先走出了死亡隧道,耀眼的阳光晃得他们睁不开眼。紧跟着,其他人跌跌撞撞地走出了死亡隧道。然后,一个接一个倒在了地上,就像烂泥一样无法爬起来了。红狮军团虽然逃出了死亡隧道,但这并不意味着他们已经安全了。搞不好,他们会逃出龙潭却又入虎穴。

# 第十二章 林中小屋

　　红狮军团终于从死亡隧道中逃了出来，但却一个接一个倒在了地上。他们也曾试图站起来，但是冲出洞口时已经耗尽了最后的力气，现在就像病入膏肓的患者，有心无力了。

　　亨特双手用力撑地，再次尝试着站起来。但是，他的手臂像面条一样软，根本无法支撑自己的身体。无奈，他又趴在了地上。

　　"你们别再乱动了。"阿兰说，"那样只会加剧体力的消耗，让你们变得更虚弱。"

　　"我们必须离开这里。"亨特有气无力地说。

　　阿兰蹲下来，看着亨特，目光有一种胜利者的感觉。"你可以马上离开，但你觉得自己有这个能力吗？"

　　"我们该怎么办？"詹姆斯看着阿兰问。

曾经不可一世的红狮军团，此时俨然已经变成了一群可怜虫。主宰他们命运的人竟然是一位看上去柔弱似水的女子。

"别担心，我会把你们救出去的。"阿兰说，"我家在山里盖了一座小木屋，每年采药的季节都会在那里居住。我给父亲打电话，让他开车来接咱们。"

说完，阿兰掏出手机开始拨打电话。在她挂断电话之后，也就过了二十分钟左右，一名中年男子从山间小路走了过来。阿兰大声喊："老爸，我们在这儿。"

中年男子走过来，对阿兰说："兰，你每次到这里来都会给我找麻烦。上次是一头受伤的公羊，这次竟然变成了几个大活人，而且看上去不是什么善类。"

这位中年男子便是阿兰的老爸，名叫易天。他是一位医术高明的中医师，每年的这个季节都会带着女儿来这里采药。今天，他正在山里的临时住处晾晒采集来的草药，所以阿兰便一个人上山了。

听了父亲的话，阿兰呵呵一笑："老爸，你是医生，

奇袭绝命谷

救死扶伤是你的职责嘛！"

"可是，他们是什么人，你了解吗？"易天问。

阿兰摇摇头："看样子不像是坏人。"

"坏人两个字是不会写在脸上的。"易天忧心地说，"你看，他们都背着枪，说不定是恐怖分子。"

"我们不是恐怖分子。"詹姆斯解释说，"我们是正义的力量，红——"

詹姆斯的话还没有说完，就被亨特打断了。他抢着说："我们是为正义而战的，您放心。"

"那你们是哪支部队的？来这里执行什么任务？"易天想要问个清楚。

"老爸，你就别问了。先把他们救回去再说。"说着，阿兰抬起詹姆斯的腿，催促父亲道，"你快和我一起抬呀！"

易天无奈地摇摇头，只好过来帮忙。父女二人将詹姆斯抬到了山脚下的汽车上。紧接着，他们又返回来抬走另外几个人。

山脚下停着的是一辆越野车,并不能同时坐下这么多人。易天将后排的座椅放倒,然后打开后备厢的车门,将他们抬了进去。红狮军团就像一具具尸体那样,拥挤地躺在后面。

经过一阵颠簸之后,越野车停了下来。阿兰跳下车,跑到车后面,打开后备厢的车门。"到了,我来扶你们下车。"她说。

第一个享受嘉宾待遇的当然还是詹姆斯。此时,他已经恢复一些体力,能够在阿兰的搀扶下勉强走路了。他看到在群山环绕的一块林间空地上建有一座小木屋。

在阿兰的搀扶下,詹姆斯进入木屋之中。木屋的采光很好,里面温暖舒适,且飘散着浓郁的草药味儿。随后,其他人也被搀扶进木屋。易天让他们躺在木地板上,因为屋里没有足够的床可以容下这么多人。

"兰,你去把这几种药材按照一比一的比例熬制出来。"易天吩咐女儿。

阿兰麻利地将几种晾干的药材放进天平里称量,按

照父亲所说的比例放入砂锅中。然后,她开始向砂锅里加水,直至水没过药材为止。砂锅被放在炉火上加热,很快屋里便充满了一股刺鼻的味道。这味道虽然闻起来怪怪的,但是红狮军团却感觉到气味钻进鼻孔之后,从嗓子眼一直到腹部都有一股气息在流动,非常舒服。

药材在炉火上煎熬了大约有一个小时,阿兰才把砂锅端下来。打开砂锅的盖子,一股热气腾起,小木屋像被笼罩在了云雾之中。阿兰将熬制好的中药平均分成了六份,分别倒在陶瓷碗里,分给他们喝。

"谢谢你,阿兰!"接过中药,劳拉发自肺腑地说。

"不用谢,不管谁遇到这样的事情,都会出手相助的。"阿兰微微一笑。

劳拉将盛满汤药的碗端到嘴边,一股苦腥的气味便钻进了她的鼻孔。还没有喝,劳拉便开始反胃了。她长这么大就从来没见过中药,更没喝过。看着满满一碗的黑褐色药汤,劳拉有些怀疑这东西能管用吗?

"快喝吧!"阿兰催促道,"这几种草药熬制成的汤

药能够帮助你们排出体内的放射性物质。"

"我先喝!"

詹姆斯一仰脖,"咕咚咕咚",将满满一碗汤药灌进肚子里。别说这是一碗能够治病的汤药,就是一碗瞬间可以要命的毒药,只要是阿兰端给他的,估计詹姆斯也会毫不犹豫地喝下去。

其他人也跟着喝下了汤药。亚历山大被中药的怪味弄得差点儿吐出来。最适应的人是秦天,因为对于中药他并不陌生,但生病的时候大多吃的是糖衣包裹的中成药,而这种熬制的汤药他也极少喝。

喝下汤药之后,红狮军团感觉头晕乎乎的,就像喝多了高度白酒。没过几分钟,他们的上眼皮和下眼皮就不停地往一块碰。秦天试图努力地想睁开眼睛,但一切都已在他的掌控之外。不知不觉间,他们都昏睡了过去。

阿兰的脸上露出了诡异的笑容。她走到亨特的身边,毫无顾忌地打开了他的挎包。阿兰知道,现在即使她在这些人的耳边大喊,他们也不会醒来的。

奇袭绝命谷

QIXI JUEMINGGU

阿兰在中药里动了手脚,除了父亲让她调配的那几种药材之外,她还在熬制汤药的时候偷偷添加了一种可以让人昏睡的药材。阿兰为什么要这样做呢?当然是为了拿到亨特挎包里的那份秘密文件。

阿兰不仅是一位中医师的女儿,她还有一个神秘的身份。这个身份就连他的父亲也不知道。

第十三章

## 昏迷不醒

阿兰已经打开亨特的挎包,将那份机密文件取出来。文件被水浸湿,纸张粘在了一起。阿兰拿着文件来到屋外,将纸张小心翼翼地揭开,铺在一块平整的大石头上晾晒。

阿兰有充足的时间等着纸张晾干,让文字变得清晰起来。等待文件晾干之后,她拿出相机将其拍成了照片存储起来。

"兰,你在干什么?"易天站在木屋的门口问。

阿兰回过头:"没什么,我在拍一本小说。这样就可以放在手机里随时看了。"

易天无奈地摇摇头:"你什么时候能够这样认真地跟我学习医术就好了。你要知道咱们家三代学医,都是上一辈传给下一辈,不能到你这里就断了。"

奇袭绝命谷

QIXI JUEMINGGU

"老爸,你知道我不是学医那块料,就别逼我了。"阿兰朝易天做了一个鬼脸。

"都是我把你给惯坏了。"易天转身进了屋子,继续去整理这些天所采集的药材。

阿兰将相机收好,然后把晾干的文件按照原来的痕迹重新叠了起来。阿兰知道如果就这个样子把文件放回到亨特的挎包里,亨特肯定会发现文件被人动过了。于是,阿兰将叠好的文件丢进了盛满水的脸盆里。很快,文件便又恢复到了拿出来之前的模样。

打开亨特的挎包,阿兰将文件原样放了回去。放回文件之后,她便坐在木屋里静静地看着这几个人。虽然阿兰没有问红狮军团是什么人,但其实她早就知道这些人的真实身份了。

第一个醒过来的人是亚历山大,看来他不仅体型比别人大,对药物的承受力也比别人强。在睡着之前,亚历山大觉得自己就像一摊烂泥,可是睡醒之后感觉肢体变得有力了。

"阿兰,我是不是睡了好久?"亚历山大挣扎着想坐起来。

阿兰总是面带微笑,似乎从来都不会生气一样。"你才睡了几个小时,要想恢复得快就要多多地睡觉。"

"睡觉是我的强项。"亚历山大一阵傻笑,"只要在不饿的情况下,我随时都能够睡着,而且没人叫的情况下,绝对不会自己醒来。"

说到这里,亚历山大觉得有些不对劲,自言自语道:"奇怪,今天怎么我比他们醒得还早?"

"一点也不奇怪。"阿兰说,"因为你比他们任何一个人都要强壮,对药物的吸收效果也更好。"

其他人陆续醒来。亨特意识清醒之后,第一件事情便是打开自己的挎包,看看文件还在不在。

阿兰开玩笑地说:"你不会刚醒来,就这么急着写小说吧?难道不想再舞枪弄棒,而是要改行去当作家吗?"

亨特见文件仍旧原封不动地放在挎包里,心里便踏实了。他没心思跟阿兰斗嘴,只想着尽快离开这里,返

奇袭绝命谷

回到红狮军团的总部。于是,他强撑着站起来,但立刻感觉到天旋地转,差点摔倒。

阿兰上前一步,扶住亨特。"你太着急了。虽然你们的身体已无大碍,但是老爸说你们要想恢复到正常的状态,至少需要三天的时间。"

"不行,我们必须尽快离开。"亨特不甘心地说,"你老爸还有没有其他见效快的办法。"

阿兰有些不高兴了,这可是不常见的。"你们能保住命就已经不错了。如果非要走的话,我也不拦你们。"

"有什么好急的?"詹姆斯质问亨特,"磨刀不费砍柴工,咱们必须把身体养好了再出发。"

亨特搞不明白,詹姆斯这家伙怎么才和阿兰接触了一天,就已经站到她那一边和自己作对了。看来这小子是鬼迷心窍,不可自拔了。

"你们快看看,为什么秦天还没醒过来呀?"劳拉突然焦急地说。

劳拉在醒过来之后,便发现只剩下秦天一个人仍在

酣睡。她轻轻地推了推秦天。秦天并没有做出任何反应。劳拉有些着急了,又用力地推动秦天,仍然不见秦天有动静。

"没关系,他再睡一会儿就醒了。"阿兰想是不是自己下的药太猛了,所以秦天到现在还没有醒。当然,她绝不会把这个秘密告诉任何人。

劳拉还是不放心,因为她觉得秦天的气息不对。"秦天肯定是有危险了,你快想想办法。"她几乎是在哀求阿兰。

阿兰也意识到了问题的严重性,赶紧大声呼喊:"老爸,你快来看看。"

易天正在木屋后面的平地上将晾干的药材切成小段,以便保存和运输。忽然听到了女儿惊慌的喊声,便放下手中的活计跑了进来。

"出什么事儿了?"易天问。

"秦天一直睡到现在还没有醒,而且怎么推喊都没有反应。"劳拉说。

## 奇袭绝命谷
QIXI JUEMINGGU

易天蹲在秦天的身旁,先是翻开他的眼皮仔细观察,然后手指轻轻地触到了他的脉搏处。"望""闻""问""切"是中医诊疗的四大方法,易天深得其中的精髓。

摸着秦天的脉搏,易天的表情越来越紧张。"他最近是不是受了重伤?"易天问。

"是的,他被爆炸产生的冲击波震晕了。"劳拉答。

易天点点头:"他受了严重的内伤,后来又因大量失血和放射性元素的辐射而雪上加霜。"

劳拉觉得易天的医术太神奇了,竟然通过把脉判断出了秦天的身体状况。她看到易天的手突然抖了一下,表情也跟着更加紧张起来。

"怎么了?秦天是不是有生命危险?"劳拉紧张地问。

易天毫不隐瞒地说:"是的。不过,他的生命危险并非来自上面提到的原因,而是另有其因。"

木屋里的气氛变得愈发紧张起来。秦天到底是因何而生命垂危呢?

易天拿来了专业的诊疗仪器,想进一步验证自己的

判断。在经过一番诊察之后,他终于肯定地说出了自己的诊断结果:"他的脑袋里肯定是有什么东西,造成了颅压升高,脑神经受阻。"

"没错!秦天的脑袋里残留着一个弹头,那是两年前的事情了。"劳拉说。

"他必须马上进行手术,否则即使不死,也会变成植物人。"

易天此话一出,其他人都被惊呆了。他们不敢相信这是事实。秦天脑袋里的弹头已经存在这么长时间了,为什么他偏偏会在今天发作呢?

"脑袋里的残留物不会静止在一个地方不动,随着血液的流动和人体的运动,它也会慢慢地移动。估计,最近秦天的头部受到了重创,加剧了弹头的移动,所以才会突然爆发。"易天解释。

"秦天真的会变成植物人吗?"劳拉带着哭腔问。

易天点点头:"只要手术及时,还是有希望的。"

"那还等什么,您不是医生吗?马上就给秦天动手术

呀！"亨特抓住易天的胳膊，恳求道。

易天有些犹豫，由于他是来山里采药暂住的，所以并没有带全医疗器械。况且，这种手术的风险很大，他怕承担责任。

"您别犹豫了。"亨特说，"作为一名特种兵，死并不可怕。可怕的是，生不如死。您就给他动手术吧！无论结果如何，我们都不会怪您的。"

"好吧！"易天终于答应了，"兰，你快去帮我准备动手术的工具。"

阿兰转身去准备工具。易天对其他人说："你们谁和秦天的血型相同？"

劳拉和詹姆斯都挽起了袖子，表示他们的血型和秦天一致，想抽多少都可以。易天让他们做好给秦天输血的准备，然后便开始准备动手术了。

## 第十四章

## 吉人天相

小木屋变成了一个简易的手术室。阿兰给老爸当助手,首先将秦天的头发全部剃光。然后,阿兰又给秦天注射了麻醉剂。

待麻醉剂起作用以后,易天拿起手术刀。其他人在另一间屋子里煎熬着,默默地祈祷秦天化险为夷。劳拉偶尔能听到易天和阿兰的对话,但都是易天在支配阿兰做事情,并没提到秦天的伤情。她很想推开门进去看看,却怕影响了秦天的手术。

大约过了一个小时,阿兰突然推开了门。"秦天现在需要输血,你们两个谁先来。"

"我!"两个人同时走上前来。

阿兰拽住了詹姆斯的胳臂:"你快跟我进来!"

看到詹姆斯走了进去,劳拉羡慕不已。她恨不得第

一个给秦天输血,帮助他恢复健康。时间在焦急地等待中被无限拉长,每一分每一秒都是在煎熬。劳拉不能让自己静下来,在门外来回走动着。

门被推开了,走出来的人是詹姆斯。劳拉逼上前去问:"秦天怎么样?还需不需要输我的血?"

"暂时还不需要。如果需要的话,阿兰会来喊你的。"詹姆斯对秦天的病情避而不谈。

劳拉更着急了,她揪住詹姆斯的脖领子:"秦天到底怎么样了?你倒是说呀!"

詹姆斯并不反抗,但也不说话。他的表情已经把答案传递给了劳拉。劳拉渐渐松开了詹姆斯,整个人像被洪水冲垮的建筑物,轰然倒塌。她蹲在地上,双手抱住头,真想哭出声来。

每个人的心里都不好受,他们虽然知道特种兵就是跟死神打交道的人,但仍无法接受战友的离去。在以往的战斗中,他们曾经失去了两位好战友——布莱恩和索菲亚。虽然,索菲亚曾因为金钱的诱惑叛离了红狮军团,

但她在大是大非面前幡然醒悟，不惜牺牲自己来维护世界的和平。这两个人至今在他们的心中都是最值得尊敬的人。

"劳拉，你不要担心。"朱莉走过来安慰她，"秦天是咱们当中受伤最多的人，但他每次都能逃离夺命之灾，这次也不例外。"

劳拉抬起头看着朱莉，哭泣着说："朱莉，我有一种不祥的预感。这种预感在布莱恩牺牲前也曾经出现过。所以，我怕——"

"你要相信阿兰，更要相信阿兰的父亲。他医术高明，一定能将秦天从死亡线上拉回来。"朱莉抚摸着劳拉的头。

在红狮军团中，这两位女生还从来没有像今天这样亲近过。朱莉一向高傲，从来都是挺胸昂首，给人冷冰冰的感觉。劳拉性格温和，深受各位男士的喜爱。这两个性格迥异的女生天然形成了一种隔阂感。虽然表面如此，但她们同甘共苦，生死与共，在枪林弹雨下所磨砺

奇袭绝命谷
QIXI JUEMINGGU

出的友情早就深深地刻在了心里。

又过了大约一个小时，门再次被推开。这次，走出来的人是阿兰。大家将她围在中间，等着她说话。阿兰摘掉口罩，脸上的"乌云"已经散去："放心吧！秦天脑袋里的弹头已经被取出来了。"

谢天谢地！大家悬在嗓子眼儿的心总算落回了原处。

"子弹虽然取出来了，秦天不会留下什么后遗症吧？"劳拉不放心地问。

阿兰说："秦天真是一个走运的人。他脑袋里残留的这枚弹头本来停留在一个很危险的区域，根本无法动手术。但是，通过这次意外，弹头移动到了一个相对安全的区域，完全可以放心大胆地把它取出来了。所以说，秦天不但不会留下后遗症，反而以前经常头痛的毛病应该也会消失。"

这真是吉人自有天相。谁能想到秦天会因祸得福呢！

阿兰的手心里就握着那枚变形的弹头。她把弹头放在了桌子上，上面还残留着秦天的血迹。这枚弹头在秦

天的脑袋里已经存留了两年多,曾无数次地折磨着秦天。

劳拉拿起这枚弹头,走到木屋的门口,将其用力抛了出去。"滚吧!再也不想见到你了。"她大喊着。

弹头被易天从秦天的头部取出来了,但他的身体状况极差,必须留在这里安心休养。无奈,红狮军团只能暂时住在深山的木屋中,等待秦天痊愈。

对于留在木屋暂住这件事,恐怕只有一个人是最高兴的,那就是詹姆斯。因为这样一来,他就可以和阿兰朝夕相处了。

一大早,亨特从木地板上睡眼蒙眬地爬起来,便发现昨晚和自己毗邻而睡的詹姆斯不见了。他想这小子今天倒是很勤快,主动起床去照顾秦天了。

木屋里最好的一间屋子留给了秦天。床是易天让给秦天的,所以他只能睡地板了。亨特轻轻推开门,想看看秦天的伤势。他发现詹姆斯并不在秦天的房间里,而秦天也还没有睡醒。

于是,亨特又轻轻地关上了门,轻手轻脚地走出木

奇袭绝命谷

屋。在屋外的一块空地上,易天正在软绵绵地比画着一些动作。亨特静静地看了几分钟,把易天的动作形象地总结为:一个大西瓜,中间切一刀,你一半儿,我一半儿。

这是"切西瓜早操"吗?亨特给易天的动作起了一个形象的名字。当易天打完这套软绵绵的拳以后。亨特好奇地走上前去,问道:"易大夫,您这是在比画什么呀?"

"太极!"

亨特瞪圆了眼睛:"太极?就是中国功夫片里的太极拳吗?"

"是的。"易天将双手置于胸前,手心向下慢慢下推,长长地吐了一口气。

"您这又是在做什么?"

"吐纳。"

亨特根本听不懂易天的话,这些都是闻所未闻的新名词。他问道:"什么是吐纳?"

"这是中国传统医学中的养生理念。"易天解释道,"早晨是万物复苏的时候,深山之中的空气是极好的,我

们应该呼出体内的废气,吸入新鲜的空气,这样才能增加机体的活性。"

亨特半信半疑,他更感兴趣的是易天刚才练的那套软绵绵的太极。他记得在电影里看到的太极是很厉害的,随便一推就能把人推倒。可是,刚才易天打的太极拳怎么就像在瞎比画,丝毫没有杀伤力可言。

对于亨特来说,他认为要想击败敌人靠的就是速度和力量。他决定试探一下易天的太极功夫,于是说道:"我想领教一下您的Chinese功夫。"同时,他双手握拳做好了格斗的准备。

易天微微一笑:"太极功夫讲究的是修身养性,而非争强好斗。你是理解不了它的精髓的。"说着,易天迈步向木屋走去,根本就没有和亨特比试的意思。

亨特哪里肯善罢甘休,非要讨教一番不可。于是,他挥起拳头朝易天的后背打去。易天的双脚未动,身体却像被一根绳子拉着,倾斜到了一侧。亨特的拳头从易天的身体一侧划过,还没来得及收回就被易天抓住了手腕。

只见，易天抓住亨特的手腕毫不费力地向前一拉。亨特的身体便失去了控制，向前倒去。这一招叫"顺手牵羊"，属于借力用力的招法。亨特向前打出重拳之后，力量必定呈一种向外爆发的趋势，而易天正是借助了这股力量，所以只需稍稍用力便可以将亨特拉倒在地了。

"扑通！"

亨特脸朝下栽倒在地上。他的大脑一片空白，思维瞬间混乱，根本没弄清楚自己为什么会在如此短的时间内成为了败兵之将。

易天根本没有理会摔倒在地的亨特，迈开步子走进木屋。趴在地上的亨特看着易天的背影，瞬间对他佩服得五体投地。事实上，他现在已经是呈五体投地的姿势了。

# 第十五章

## 深山采药

从恍惚中清醒过来的亨特爬起来,朝易天追去。易天正打开炉火准备为秦天熬制今天的汤药。亨特如影随形,像只苍蝇一样围在易天的身边说:"易大师,我想跟您学太极。您教我吧!"

"我从来不收徒,尤其是洋徒弟。"易天将搭配好的中药放进砂锅里。

亨特赶紧舀水往砂锅里倒,他可从来没这么勤快过,看来是发自内心地佩服这位来自东方的神秘中医。

"易大师,我是真心想学的。"亨特恳求道,"您放心,我们不是坏人。我们是红狮军团,是为了正义而战的力量。"亨特一着急,竟然把老底儿都说出来了。

"你们是什么人,我根本不感兴趣。"易天无动于衷,"我是一名医生,救死扶伤是我的职责。无论是谁遇到了

生命危险,我都会出手相救。"

亨特还想再说什么,却被易天制止了。他指着病床上的秦天说:"你们要悉心地照顾他,尽快让他好起来,一起离开这里。"说完,易天离开木屋,到屋后的空地上去加工这几天采来的药材了。

咦!怎么一直没有看到詹姆斯呢?亨特突然想起了这件事。他发现同时消失的人还有阿兰。于是,他朝易天大喊:"易大师,您看到我的队友詹姆斯了吗?"

易天头都没抬地答道:"天还没亮,他就和阿兰一起上山采药去了。"

"詹姆斯这小子真是没出息,一天到晚就知道围着阿兰转。"亨特小声地自言自语。

亨特转过身来的时候,劳拉正在炉火旁熬中药。弥漫的中药味儿将其他人都熏醒了。亚历山大伸了一个懒腰,从地板上爬起来,第一句便问:"可以吃早饭了吗?"

"吃你个头呀!"亨特瞪着他,"阿兰一早就上山了,今天没人做早饭。"

"那怎么办?总不能饿肚子吧!"亚历山大摸了摸自己的挎包,带出来的野战口粮在昨晚已经吃光了。

"我来做!"朱莉已经梳洗完毕,"这几天我跟阿兰学了几样中餐的做法,今天就给你们展示一下。"

屋里有昨天从山里采集来的野菜,朱莉开始洗菜。她很享受这样的山野生活,内心很平静,给人一种与世无争的感觉。

滚圆的露珠附着在植物的叶子上。此时,詹姆斯正背着竹篓紧跟在阿兰的后面,向深山走去。

阿兰一路上寻找着野生的药材。其实,药材也是可以成规模地种植的。但是,种植的药材经过化肥和农药的侵袭,药效远远比不上野生的药材。所以,阿兰的父亲一直坚持用野生的药材为病人治病。

阿兰从小就跟这些草药打交道,对它们可以说是了如指掌了。"詹姆斯,你帮我把这种药材采集一些。"她几乎是用命令的口吻在跟詹姆斯说话。

"遵命!"

詹姆斯像士兵遵从将军的命令那样，乐于接受阿兰的吩咐。他麻利地采集不知名的草药。

"这是什么药材，有什么用？"詹姆斯也开始对草药感兴趣了。也许，这就是所谓的爱屋及乌吧！

"这是野生的三七，有活血化瘀的功效。老爸喜欢把这种药材研磨成三七粉，制作成胶囊。这样比较符合西方人的服药习惯。"阿兰说。

原来这种不起眼的植物竟然有如此神奇的功效。詹姆斯真是闻所未闻，大开眼界了。这片山谷里，生长着茂盛的三七，足够他们采集的了。

"阿兰，你们中国人是怎么发现这些植物可以治病的？"詹姆斯一边干活，一边问道。

"中国古代有一位名医，叫李时珍。你听说过没有？"阿兰问。

詹姆斯摇摇头："他很有名吗？"

"孤陋寡闻。"阿兰沐浴着清晨的阳光，山间的植物衬托着她蓝色的旗袍，显得格外美。"李时珍尝百草，写

出了中国的药学名著《本草纲目》，书里记载了大量草药的属性和功效。"

"真是一位奇人。"詹姆斯赞叹地说。

"詹姆斯，你快到这儿来。"阿兰在不远处喊道。

詹姆斯赶紧背着竹篓跑过去。看到阿兰正站在一片爬满树枝的小叶植物前，一脸兴奋的表情。

"快把你那把单兵铁锹拿出来，往下挖。"阿兰催促道。

詹姆斯真是一位忠实的长工，从背上取下折叠的单兵铁锹，迅速地将其由折叠状态展开。这把铁锹可不简单，光从材质上说就是普通铁锹无法比拟的。它采用上好的钢材锻造，而且在钢材中加入了一些稀有金属，使它变得刚性与韧性并存。不仅如此，这种单兵铁锹还具有多种功能，挖、切、割、砍，样样都是强项，甚至可以当作飞钩，成为特种兵飞檐走壁的工具。

在阿兰所指的位置，詹姆斯用力地挖下去。"这下面有什么？你不会发现宝藏了吧？"他问。

"嗯！这下面的确有宝藏，你就使劲挖吧！"阿兰站

在一旁看着詹姆斯。

詹姆斯一锹一锹地挖了起来。大约挖了二十厘米以后,他发现了一根根大拇指粗的植物根茎。阿兰让他小心些,不要把这些根茎挖断了。

"难道这就是你所说的宝藏吗?"詹姆斯泄气地问。

"没错,这些就是宝藏。"阿兰说,"你铆足了劲儿,多挖一些回去。"

詹姆斯不但没有加把劲儿,反而把单兵铁锹丢在了地上,擦着汗说:"这东西一直扎到地下很深,太难挖了。我看咱们还是别挖了,反正也不是什么宝贝东西。"

"你懂什么!这是野生山药,具有健脾强身的功效。如果挖回去给秦天煮粥吃,能帮助他快速恢复身体。"阿兰拿起铁锹,"你不挖,我挖!"

詹姆斯见阿兰动起手来,赶紧夺回铁锹。"谁说我不挖了,我只是休息一下。"听阿兰说这东西对秦天的身体恢复有帮助,詹姆斯又有了动力。

大汗淋漓地挖了两个钟头,詹姆斯才挖了十几根。早

奇袭绝命谷

晨出来的时候他们没有吃饭,现在詹姆斯感觉底气不足了。

阿兰掏出一个馒头递给詹姆斯:"今天,咱们就挖这些吧!你先补充一个馒头,然后咱们向西走,从山的另一侧绕回木屋去。说不定,路上还会有其他的发现。"

詹姆斯一屁股坐在地上,三口两口就把一个大馒头塞进了肚子里。他又摘下水壶,拧开盖子,"咕咚咕咚"地灌了一肚子水。

"嗝——"

詹姆斯打了一个长长的嗝儿,心满意足地说:"你做的馒头就是好吃。"

"吃饱了咱们就走吧!"阿兰把自己吃剩下的半个馒头放进布兜里。

阿兰在前,詹姆斯在后,二人沿着山坡向西走去。这个方向阿兰从来没有去过,所以她想看看是否会有新的发现。

深秋季节,落叶飘舞而下,像一只只蝴蝶在空中飞舞。山泉水从石头缝中淌出,汇集成溪流奔向山脚下。阿兰和詹姆斯就像走在画中的人,渐行渐远。

在不远处有一块巨石,不知道是哪个年代从山顶上滚落下来的。詹姆斯快步跑到巨石旁,蹬着旁边的小石头爬了上去。

"阿兰——"詹姆斯大声地喊。

阿兰朝詹姆斯挥挥手,也朝巨石跑去。詹姆斯伸出手,将阿兰拉了上来。两个人站在巨石上向远处眺望,山下的美景尽收眼底。

阿兰在看美景,而詹姆斯却在看阿兰。他从来没有像今天这样高兴过。以前詹姆斯以为自己的全部生活就是战斗,为了正义的事业不停地战斗。可是,这几天他慢慢意识到生活除了战斗以外,还可以有更加丰富多彩的内容,比如和阿兰在一起采药。

"詹姆斯,你看那是什么?"阿兰指着远方的一些小黑点问。

詹姆斯从幻想中挣脱出来,朝着阿兰手指的方向望去。那些小黑点看上去好像布局规则的建筑。他取出望远镜想进一步证实自己的判断。在望远镜中,詹姆斯清晰地看到那些小黑点果然是建筑物。

奇袭绝命谷

"那是一个村落,不,最多也就是一个小山庄。"詹姆斯拿着望远镜说。

"给我看看。"

阿兰夺过望远镜,迫不及待地看去。她看到那是一座有围墙的山庄。在山庄里有几排房子,还有一个宽敞的庭院。

"院子里面有人。"阿兰说,"而且不止一个。"

阿兰看到院子里有人在来回走动。由于距离太远,她在望远镜中看到的人比正常情况下看到的人缩小了好几倍,所以根本无法看清楚他们的容貌和举动。

"走!咱们去那里看看。"

阿兰把望远镜还给詹姆斯,然后跳下了巨石。她好像对那座山庄很感兴趣。阿兰跳下巨石的动作异常轻盈,詹姆斯实在搞不懂,一位中医的女儿为何会有如此棒的身手。此外,阿兰不是来采药的吗?可她为什么又对那座山庄充满了兴趣呢?

满腹疑惑的詹姆斯跟在阿兰的后面,向远处的山庄走去。

## 第十六章

## 雷霆山庄

看似没有多远,但实际上山庄距离阿兰和詹姆斯最开始观察到它的位置,至少有十公里。山路难行,所以两个人走了半个多小时的时候,距离山庄还很远。

詹姆斯对这座山庄并无兴趣,所以他停下来劝说道:"阿兰,咱们别去山庄了,估计那里也就是一个有钱人休闲度假的地方,没什么好看的。"

阿兰也不作答,只顾着一个劲儿地往前走。无奈,詹姆斯只好跟在后面。他怎么也想不明白,阿兰为何会对这座山庄有如此浓厚的兴趣。

正午时分,阿兰和詹姆斯来到山庄附近。詹姆斯本想径直走过去,却被阿兰阻止了。她拉着詹姆斯藏在一片树林中,举起望远镜朝山庄望去。此时,在望远镜中,山庄的整体布局以及内部的人和物都可以看得很清楚了。

"雷霆山庄。"阿兰读出了这四个字。这是山庄的名字，就写在山庄正门的横匾上。"好奇怪的名字，字里行间竟然藏着一股杀气。"阿兰自言自语。

"你别乱猜了。"詹姆斯说，"都到山庄的门口了，你既然感兴趣，咱们就进去看看呗！"

说着，詹姆斯站起身就要往山庄的门口走。阿兰一把拉住詹姆斯："等等，咱们不能走正门。"阿兰拉着詹姆斯向山庄的后面转去。

詹姆斯更加奇怪了，实在搞不懂阿兰到底想干什么。阿兰好像可以看穿人的心思，没等詹姆斯问，便主动说："你先别问，只要跟着我走就行了，回头再跟你解释。"

阿兰绝不是一个简单的人物，最起码不仅仅是一位中医的女儿。詹姆斯越来越怀疑阿兰的身份了。但是，凭直觉詹姆斯认为无论阿兰是什么身份，绝对都是一个好人。

山庄被灰色的围墙包围着。阿兰和詹姆斯来到山庄的后面，抬头看去围墙足有三米高。詹姆斯想，阿兰不

会是想从这里翻墙进去吧?

"詹姆斯,你蹲下!"阿兰向后撤了几步。

詹姆斯知道自己的判断是正确的。他迟疑着,问道:"有门不走,为何非要翻墙呢?"

"不是跟你说了吗?"阿兰有些不耐烦,"回头再跟你解释。"

詹姆斯对阿兰的要求总是缺乏拒绝的勇气,好像他就该服从阿兰的命令一样。按照阿兰的要求,他蹲在了墙脚。只见,阿兰突然加速向前跑了几步,然后一只脚踏到了詹姆斯的肩膀上,整个身体随之向上弹跃而起。

当詹姆斯抬头去看的时候,阿兰已经稳稳地落在了墙头上。这一幕更加令詹姆斯确定了一个问题——阿兰绝对有着另一个特殊的身份。

"发什么愣?快把手给我。"阿兰小声地说。

詹姆斯回过神来,向上一跳,握住了阿兰纤细的手。阿兰用力向上一拽,便把詹姆斯拉上了围墙。一个看似柔弱如水的女子,竟然有如此大的力气,真是不可思议。

阿兰从墙头上跳了下去,落地时几乎没有发出任何声音。她是怎么做到的?詹姆斯看着阿兰的背影,此时才感觉到这个人好陌生,自己竟然对她所知甚少。

"快下来呀!"

阿兰回头朝詹姆斯招手。她也觉得詹姆斯很奇怪,本来以为他挺机灵的,可是今天却总是反应迟钝。

詹姆斯没有像阿兰那样直接跳下去,因为他不可能做到落地无声。所以,他双手扒住墙头,身体下垂下来,这样脚底距离地面就没有多高了。詹姆斯松开手,双脚落在地上。即便如此,他落地时发出的声音还是比阿兰的大很多。

阿兰已经向前走出十几米远。她回过头再次朝詹姆斯招手,示意詹姆斯快跟上来。詹姆斯紧走几步,来到了阿兰的身后。

"咱们把这座山庄侦察一下,你千万不要弄出什么动静来。"阿兰不放心地叮嘱詹姆斯。詹姆斯点点头,像一条尾巴那样跟在阿兰的身后。

从远处看的时候,雷霆山庄的院子感觉没有多大。但是进入其中后,他们才发现这座山庄的规模可不小。山庄里没有超过两层的建筑物,房屋非常整齐地排列而立,看来是经过精心规划的。

正值中午时分,山庄里的人估计正在吃饭,所以院子里很安静。阿兰和詹姆斯走到一栋房子前。房门是虚掩的,不知道里面有没有人。阿兰的胆子很大,她把门轻轻地拉开一道缝隙。屋里没有人,阿兰快速地闪身进去。

"你在外面帮我把风。"在进入屋内的同时,阿兰对詹姆斯说。

"你不会是想偷东西吧?"詹姆斯说,"那可不是好习惯。"

阿兰并没有回答,她已经进去屋内并关上了门。詹姆斯只好站在屋外为阿兰站岗放哨。足足过了有五分钟,阿兰还没有出来。詹姆斯开始着急了,万一有人回来,发现了他们的行为,那可是有嘴也说不清呀!

"阿兰,你到底在干什么?快出来!"詹姆斯隔着门

朝屋里小声地喊。

屋里静悄悄的,阿兰并没有回答詹姆斯。詹姆斯身经百战,枪林弹雨中冲锋陷阵的时候都没有像今天这样紧张过。他心跳加速,左顾右盼,生怕有人突然出现。

"嗒嗒嗒——"

真的有脚步声从前面的一排房子处传来了。詹姆斯没有再喊阿兰,而是直接拉开了门。眼前的一幕令詹姆斯惊呆了——阿兰正在屋里翻箱倒柜。

詹姆斯顾不得责备阿兰,更没时间弄清她到底在做什么。他慌慌张张地喊道:"有人来了,快出来!"

阿兰这才关上正在翻找的抽屉,快步朝门口走来。从屋内走出后,阿兰拉着詹姆斯躲到了一排绿化树的后面。

脚步声越来越近,詹姆斯看到的不是两条腿,而是两排腿。走过来的竟然是排成一队的人,至少有十来个。詹姆斯从下往上看去,发现这些人步伐整齐,手臂摆动前后一致,就像训练有素的士兵一样。

枪!他们竟然还背着枪。当詹姆斯看到枪的时候,

差点惊讶得叫出声来。这里到底是什么地方？怎么会有整齐列队的士兵？詹姆斯侧头看着阿兰，希望能够从她那里得到答案。

背着枪的士兵走进了屋里。

"快跟我来！"阿兰站起身，向前面的一栋房子跑去。

詹姆斯紧跟在后面，思绪乱成了一团麻。一座普通的山庄里为什么会有士兵？阿兰难道仅仅是出于好奇才来到这里的吗？阿兰已经停下来，可是詹姆斯却还在想着这些问题，所以撞到了阿兰的身上。

"你注意力集中点儿，这里可不是游乐场，处处都有危险。"阿兰小声说。

"你到底是谁？"最近几天詹姆斯的头脑从没有像现在这样清醒过，他认为现在最该弄清楚的不是这个山庄里的秘密，而是阿兰的身份。

阿兰拉着詹姆斯躲到一处隐蔽的位置，压低声音说："现在不是跟你解释的时候，不过我可以告诉你，我和你们是一条战线上的。"

詹姆斯看着阿兰，欲言又止。他相信阿兰不会欺骗自己，这是直觉。"你说现在咱们该做什么吧。"詹姆斯开始服从阿兰的指挥了。

阿兰说："你看到那些士兵了吧？从他们走路的姿势来看，应该都是新兵，所以我怀疑这里是恐怖组织的一个秘密训练基地。"

詹姆斯的脑海中回忆着刚才那些士兵走路的样子，认为阿兰分析得有道理。由此可见，阿兰是一个经过专业化军事训练的人员，否则她不可能一眼就识破那些人是新兵。

"现在咱们要做的事情，就是把这里调查清楚。"阿兰继续说，"咱们两个分头行动，你向左，我向右。二十分钟后，返回到进入的地方会合。"

说完，阿兰起身向右而去了。詹姆斯看着阿兰远去的背影，犹豫了片刻，也转身向左出发了。

# 第十七章

## 惊人的发现

　　左边有一栋与众不同的房子。它要比其他的房子都高，长和宽也都大许多。詹姆斯谨慎地向那栋房子靠近，生怕被人发现。这栋房子只有一扇大铁门，被两个拳头大的铁锁紧紧地锁着。

　　以詹姆斯的经验判断，这栋房子应该是存放东西的仓库。关键里面存放的是什么东西呢？詹姆斯想从门缝里看个究竟，可是门关得很严，而且屋里光线很暗，所以根本看不到什么东西。

　　詹姆斯想起了一样东西。在红狮军团的特种兵小队中，每个人有不同的分工。詹姆斯是侦察兵，往往会先头行动，负责侦察敌情。所以，他所携带的侦察设备要比其他人专业。由于作战装备由个人保管，在执行任务期间这些装备都要和他们形影不离。

虽然詹姆斯今天是和阿兰一起出来采药的，但他还是随身携带了侦察设备。这是一个蛇形侦察仪。顾名思义，它的外形细长，由一节节的电子神经单元组成，可以像蛇那样扭动着身体前进。既然是侦察仪器，电子眼是必不可少的设备。在蛇形侦察仪的前端有一个电子眼，可以拍摄出清晰的画面传回到操纵者的手持显示屏上。

铁门与地面有一条缝隙，詹姆斯将侦察蛇从这条缝隙里塞了进去。侦察蛇在地面扭动着身体，"蛇头"发出了一道蓝光，电子眼将拍摄到的画面立即传输到了詹姆斯的手机屏幕上。

詹姆斯的手机看似普通，但却在其中安装了一个软件，所以能够接收到侦察蛇传回的数据并进行解算，最终在屏幕上形成图像。看到手机屏幕上传回的图像，詹姆斯大吃一惊。

这栋房子果然是一个仓库，里面堆满了大大小小的绿色的木制箱子。詹姆斯一眼便认出了这些箱子的用途——存放弹药的军火箱。他对这些箱子再熟悉不过了，

绝不会认错的。

为了能看得更清楚一些，詹姆斯点击手机屏幕上的控制按键，操控侦察蛇向前爬行了一段距离。然后，他又控制侦察蛇抬起头来，就像一条真正的蛇在发起攻击前的那个姿势一样。

"蛇头"上的蓝色光束照射到木制的箱子上，印在箱子上的字便清晰地出现在手机屏幕上了。"我的乖乖！"詹姆斯情不自禁地发出了声。因为他看到箱子上写的字是：毒刺防空导弹。

毒刺防空导弹可不得了。它是目前世界上非常先进的一种便携式防空导弹，只要一个人扛在肩膀上就可以发射了。别看这种导弹个头不大，但是对付武装直升机和一般的战斗机却是非常有效的武器。

这里为何会有这么多的毒刺导弹呢？究竟是哪个组织在这里储藏这种武器呢？詹姆斯对雷霆山庄越来越好奇了。他正要操控侦察蛇再往里面爬行一段距离，却在此时听到了有人说话的声音。

"你说那几个红狮军团的特种兵到底死了没有？"

"你放心，进入死亡隧道的人不可能活着出来。要是不信，你就进入死亡隧道去看看。"

这声音好熟悉，而且他们是在谈论红狮军团。詹姆斯赶紧躲起来，以防被走过来的人发现。

"既然走进死亡隧道的人，没有能活着出来的。我进去验证，还不是一样会死在里面。这种蠢事，我才不干呢！"

詹姆斯终于听出了这个声音是谁发出的。是雷特，没错，就是那个独眼龙。詹姆斯躲在墙角处继续听着雷特和另一个人的谈话。

"我刚刚接到总部的命令。总部命令咱们在这里训练出几名不怕死的新兵，让他们去执行自杀式袭击任务。"

这个人是布鲁克。詹姆斯也听出了另一个声音的主人。他的判断没错。布鲁克和雷特很快便走了过来。这两个人并排而行，向山庄最后一排房子走去，看来那里是他们的宿舍。

雷霆山庄竟然是蓝狼军团的新兵训练基地。詹姆斯绝对没有想到今天会发现这个惊天的秘密。布鲁克他们正在这里训练新兵，而且要发动一起自杀式恐怖袭击。想到这里，詹姆斯决定马上返回林间木屋向亨特报告。他们要立即采取行动，在蓝狼军团得逞之前，将雷霆山庄摧毁。

等布鲁克和雷特走过去以后，詹姆斯从墙角处走出来。他赶紧操控侦察蛇往外爬，准备收工。侦察蛇扭动着身躯从门缝里挤出来。詹姆斯一把将它拿起来，塞进了包里。

看了看手表，詹姆斯和阿兰约定的时间已经到了。但是，他并没有原路返回，因为他看到走过去的人都是朝那个方向而去的，所以那个位置现在应该是最危险的。

经过仔细观察，詹姆斯发现在仓库的东侧有一棵大树。这棵大树就长在墙边。于是，他三下两下爬上了大树。詹姆斯像只猴子一样，从大树上跳到了围墙上，又纵身落到了围墙的外面。

落地之后,詹姆斯向事先和阿兰约好的集合点走去。他到达集合点的时候,阿兰还没有来。于是,詹姆斯躲在树丛后静静地等待。一开始,詹姆斯还不着急,因为从阿兰的动作看出,她绝对是一位侦察高手。可是,随着时间的推移,詹姆斯便开始沉不住气了。

距离他们约定的时间已经过了十分钟,阿兰依旧迟迟没有出现。莫非阿兰遇到了危险?詹姆斯想起了阿兰在分头行动时对他说的话:如果谁在约定的时间没有出现,另一方就不必等了。难道阿兰的这句临别叮嘱真的成为现实了吗?

就在詹姆斯不知是该离开还是继续等下去的时候,一个人突然从他的背后出现了。詹姆斯吓坏了,他以为自己被蓝狼军团发现了,头也没回就朝身后抡了一拳。

"你有病呀!打我干什么?"

詹姆斯赶紧收住拳头,回头一看,果然是阿兰站在他的身后。"你怎么才出来?"他激动地问。

"我不是说了吗?如果约定的时间我还没来,你就自

己先走。"阿兰没有回答詹姆斯的问题,而是反问道。

詹姆斯说:"我担心你有危险,正想再进去找你呢!"

"愚蠢!"阿兰从来没有用这样的字眼说过别人,"你还是特种兵呢,怎么能有如此愚蠢的想法呢?特种兵要以完成任务为第一准则,不能夹杂情感的因素,否则就会在不理智的情况下做出错误的决定。"

詹姆斯还想再问,阿兰却一摆手,示意他先离开这里再说。两个人向山林深处走去,准备绕路返回木屋。但是,他们忘记了一件事情。那就是在进入雷霆山庄之前,詹姆斯把用来装草药的竹篓放在了围墙外面,而他们离开的时候则忘记了将它带走。

两个人马不停蹄地往回走。詹姆斯有一肚子的问题想问阿兰,现在终于有了机会。他最关心的问题不是阿兰在雷霆山庄里看到了什么,而是阿兰的真实身份。

"阿兰,你到底是什么人?现在能告诉我了吗?"

阿兰继续往前走,速度丝毫没有减慢。"你猜我的真实身份是什么?"她竟然逗起了詹姆斯。

"你是特工!"詹姆斯冥冥之中是这样认为的。

"呵呵,你还真是好眼光。"阿兰轻松地笑道,"我是中国情报局的特工。"

"我还真猜对了。"詹姆斯有些不敢相信自己,"那你到这里来的真正任务是做什么?"

"采药呀!"阿兰笑着说,"你没看我每天都到山上去采药吗?"

"你别再逗我了!"詹姆斯都快急疯了,"这一切都是你计划好的,对不对?"

"对,也不对!"阿兰说,"有些事在计划之中,而有些则是在计划之外的。"

"拜托,你一口气把该说的都说完。我的心里好像有无数只手在挠,都急死了。"詹姆斯催促道。

阿兰也不再"大喘气"了,她把自己的身份和这次要执行的任务一口气告诉了詹姆斯。

# 第十八章

## 真实身份

原来，阿兰在十五岁的时候便进入了情报局，被训练成了一名特工。这一切就连她的父母都不知晓。阿兰的任务就是对恐怖组织进行秘密调查，为情报局提供安全预警，防止国家遭到恐怖袭击。

阿兰之所以会出现在绝命谷，是因为她在调查蓝狼军团可能会发起的恐怖袭击行动。

据情报显示，中国境内的一个恐怖武装集团与蓝狼军团达成了秘密协议。蓝狼军团将在境外为这个恐怖组织招募、培训一批新兵，并选择其中的激进分子发起自杀式恐怖袭击。

通过卫星侦察显示，这个新兵的培训基地有可能就在绝命谷附近的山区。于是，阿兰便以进山采药为名和父亲一起来到这里。当然，她的父亲一直被蒙在鼓里，

奇袭绝命谷

对此一无所知。

詹姆斯终于知道了阿兰的真实身份，以及此行的目的。但是，他还有一些疑问："那天在死亡隧道里相遇，你是早已经知道我们会被困在里面了吗？"

"这个纯属意外。"阿兰说，"本来我打算通过死亡隧道潜入到绝命谷中去调查那里的秘密基地，却没想到正好看到你们几个晕倒在隧道里。我并没有急于救你们，而是先检查了你们身上的东西。从你们的胸牌标志，我认出了你们是红狮军团。"

"这样说来，你早就知道我们是红狮军团了？"詹姆斯问。

"当然！别忘了我是专业特工。世界上每一个武装组织，我都一清二楚。"阿兰接着说，"正因为你们是红狮军团，所以那天我才决定救你们出来。否则，你们早就死在隧道里了。"

听了阿兰的讲述，詹姆斯心中的疑团终于散开了。他突然想起了自己在雷霆山庄里看到的秘密，又结合阿

兰所说的话，于是断定雷霆山庄一定就是蓝狼军团组织为中国境内的恐怖武装培训新兵的基地。

"阿兰，我在雷霆山庄里发现了一个军火仓库，里面竟然有毒刺导弹。"詹姆斯说，"你猜我还看见了谁？"

"现在你又让我猜起来了。我可没那个耐心，快说！"阿兰霸道地说。

詹姆斯没脾气："我看到了在绝命谷中和我们交战的蓝狼军团的成员，他们是蓝狼军团组织中的精锐作战力量。"

"看来我的判断没错！这里果然是恐怖组织的新兵训练基地。"阿兰坚定地说。

"你知道我为什么会出来这么晚吗？"她又问道。

詹姆斯摇摇头。

"我看到在一间屋子里有很多新兵。他们正整齐地坐在地上，每人手里拿着一本小册子。"

"小册子？"詹姆斯不解地问，"难道他们在学习不成？"

奇袭绝命谷

"不是在学习,而是在被洗脑!"说着,阿兰从口袋里掏出了一本小册子丢给了詹姆斯。

詹姆斯接住小册子,打开观看,顿时目瞪口呆。原来这是一本充满了邪教教义的读本。这些新兵正在接受邪教教义的洗脑,这便是恐怖组织惯用的手段。他们招募一些没有受过良好教育的人加入组织,然后用邪教教义去清洗这些人的思想。经过洗脑的人就会变成恐怖组织的工具,对组织领袖唯命是从,甚至会毫不犹豫地去执行自杀式恐怖袭击任务。

詹姆斯把小册子还给阿兰,问道:"你是怎么拿到这本小册子的?"

"我等到他们午休以后,悄悄溜进屋里拿出来的。所以才会晚出来了这么长时间。"

詹姆斯惊讶地看着阿兰:"你的胆子可真大,就不怕被他们发现,给活捉了。"

"没有金刚钻不揽瓷器活。你放心,我知道自己吃几碗米饭。"阿兰加快了步伐,"咱们必须赶紧采取行动,

不能让恐怖组织的行动得逞。"

两个人不再说话,一刻不停地往回走。还没到达木屋的位置,远远地,詹姆斯就看到一个人在木屋前的空地胡乱地比画着。

"亨特,你在发什么神经?"詹姆斯喊道。

亨特停止了比画,怒视着詹姆斯说:"你才发神经呢!你难道没看出来我在练习Chinese功夫吗?"

"哈哈哈!"詹姆斯一阵大笑,"你练的这是哪门子Chinese功夫,分明就是在瞎比画。"

"你懂什么!"亨特说,"这是太极拳。不信,你问阿兰。"

詹姆斯看着阿兰,等待答案。

阿兰摇摇头,对亨特说:"抱歉,我也没看出来这是太极拳,还以为你是在抽风呢!"

说完,阿兰和詹姆斯大笑着朝木屋走去。

"这两个人竟然敢嘲笑我!"亨特的自尊心受到了强烈伤害,顿时怒火中烧。阿兰,他是管不了的。可是,

要找詹姆斯的茬儿还是轻而易举的。

"詹姆斯，你站住！"亨特大喊了一声。

詹姆斯停下来，回头看着亨特："有何贵干，还想让我再看你的太极拳表演呀？"

"我问你，差不多整整一个白天你都不在，到底干什么去了？竟然也不打声招呼就走，简直是目无纪律了。"

詹姆斯就知道小肚鸡肠的亨特会找个理由，收拾自己。所以，他已经想好了理由。"你没看到吗？我陪阿兰采药去了。"

"你骗人！"亨特说，"老实交代，你是不是和阿兰游山玩水去了。"

"你少血口喷人，我真的是陪阿兰采药去了。"詹姆斯的脸红得像即将落山的太阳。

"哼哼，就凭你那点儿IQ也想骗我？"亨特向詹姆斯逼近了几步，"你说你们去采药。可是，你们采来的药呢？拜托，下次说谎的时候先把道具准备好。"

"坏了！"詹姆斯突然激动地拍了一下脑门儿。

亨特心想,詹姆斯一定是被自己识破了谎言,所以才羞恼地打了自己的脑门儿。可是,詹姆斯接下来的举动就令他无法理解了。

"阿兰,出事了,出大事了!"詹姆斯叫嚷着朝屋里跑去。

"这小子的哪根筋又不对劲了?"亨特紧跟了进去。

劳拉拦在了詹姆斯的前面,黑着脸说道:"你回来就大呼小叫,弄得鸡犬不宁的,难道不知道秦天需要静养吗?"

詹姆斯咽了一口唾沫,很焦急的样子。"我知道!不过,我真的有大事要跟阿兰说。"

"什么大事呀?"阿兰刚刚洗了脸,从后院走进来。

詹姆斯结结巴巴地说:"放……放草药的背篓丢了。"

"什么?"阿兰的脸色大变,"丢在哪里了?"

"我还以为是什么大不了的事情呢?"亨特笑道,"不就是丢了一个背篓吗?又不是什么珍贵的东西。"

阿兰表情凝重:"没那么简单。詹姆斯,你快说背篓

奇袭绝命谷

是不是丢在雷霆山庄了。"

"嗯！"詹姆斯疯狂地点头。

"你还真是有才呀！"阿兰狠狠地瞪了詹姆斯一眼，"夜长梦多，看来咱们要马上采取行动了。"

其他人听得云里雾里，怎么小小的背篓竟然扯出了不着边际的话题。

"到底是怎么回事儿？你们两个快把话说清楚。"亨特焦急地问。

"是这么回事！"阿兰和詹姆斯同时说道。

两个人对视了一眼，又同时说："你说！"

"好吧，我说。"阿兰开始讲述今天她和詹姆斯所经历的事情。

除了易天在后院整理草药之外，其他人都围在阿兰的周围静静地听。

他们都没有想到阿兰竟然是中国情报部门的一名女特工。更没想到，蓝狼军团会在这里建有一个秘密的军事训练基地，而且还在为中国的一个恐怖武装集团训练

新兵。

最没有想到的是,詹姆斯这个一向很精明的家伙,竟然会犯下一个如此低级的错误——把背篓丢在了雷霆山庄。蓝狼军团是狡猾的,他们肯定猜到了有人来侦察过雷霆山庄。

"今晚,咱们就行动,把雷霆山庄给端掉。"亚历山大握着枪,有些迫不及待了。

"我同意!"朱莉第一个赞同,"如果在咱们动手之前,先被敌人发现了肯定会损失惨重。"

朱莉的话很在理。从数量上说,蓝狼军团占据绝对优势;从武器上说,雷霆山庄里有一个军火库,而红狮军团的弹药并不多了;从作战行动上来说,蓝狼军团并无后顾之忧,而红狮军团要保护受伤的秦天,还有毫不知情的易天。

思考再三,亨特终于做出了最后的决定:"天一黑,咱们就出动。先发制人,才能出奇制胜。"

阿兰小声地说:"千万不要让我老爸知道。我可不想

让他为我担心。"

"什么事情不想让我知道呀?"

听到易天的声音,阿兰吓得为之一颤。她慢慢地回过头,吞吞吐吐地对易天说:"没……没什么。老爸,我们只是在商量晚上一起偷偷跑出玩而已。"

"哼!"易天冷笑了一声,"你以为我真的不知道你在做什么事情吗?"

# 第十九章 潜入山庄

阿兰转过头惶恐地看着易天："老爸，你都知道什么了？"

"我知道你加入了特工组织，在为情报部门工作。我还知道你这次进山并非是来采药的，而是在调查一个恐怖组织的秘密基地。"易天说。

"这么说，我做的事情，您都知道了？"阿兰还以为自己一直做得很隐蔽呢！

"连自己的女儿在做什么都不知道，我还能算一名合格的父亲吗？"易天说，"我之所以总是想尽办法跟你在一起，就是为了保护你。难道你以为你跟我学的那些三脚猫功夫，可以打遍天下无敌手了吗？"

阿兰这才明白，原来老爸一直在暗中默默地保护着自己，怪不得好几次执行任务时，她都是在危险时刻莫

名其妙地化险为夷了呢！

"老爸，你真好！"阿兰扎进易天的怀里，像一个还没长大的孩子。

易天摸着阿兰乌黑顺滑的头发："老爸知道你在做正确的事情，所以我会全力支持你的。"

"谢谢你，老爸！"阿兰离开老爸厚实的胸膛，立刻由一个温柔的小女孩变成了一名女汉子，"既然老爸不反对，那我们马上就准备行动。"

大家分头准备晚上作战的装备去了。唯独劳拉推开秦天的房门，不放心地看着虚弱的秦天。她有些不放心，如果他们都离开了，谁来保护秦天呢？

日落西山，红狮军团已经准备就绪。亚历山大还在不停地往嘴里塞着食物，这是他每次执行任务前都要重复的一件事情。"肚里没粮，心里发慌。"这是亚历山大的名言。

临行前，劳拉又看了看躺在病床上的秦天。易天说："你放心去吧，这里有我呢！"

"那就拜托您了。"劳拉谢过易天,跟在队伍的后面也出发了。

"阿兰!"易天突然呼唤女儿的名字。

阿兰转过身朝老爸摆了摆手:"老爸,你放心吧!我没问题。"

看着阿兰远去的背影,各种滋味涌上易天的心头。女儿总是要长大的,她有自己热衷的事业,而且是正义的事业,做父亲的就该责无旁贷地支持她。易天这样想着,阿兰的背影便渐渐地消失在视线中。

易天转身回屋,秦天仍旧在睡眠中。睡眠是最好的治疗方式。人体的各项机能将在睡眠中得到修复。秦天的身体还很虚弱,所以每天能睡上十五六个小时。他不知道自己的战友已经悄悄地出发去执行任务了,否则不会如此安静地躺在病床上。

对于战士来说,战场才是他们应该去的地方。当然,没有人喜欢战争,因为世界上最残酷无情的画面都会在战争中得以展现。但是,为了打败邪恶的力量,勇士们

奇袭绝命谷
QIXI JUEMINGGU

又不得不投入战争，走上战场。

轻车熟路，在阿兰和詹姆斯的带领下，大家来到了雷霆山庄后面的小山坡。阿兰非常细心，想起了一件事情，对詹姆斯说："你把背篓放在哪里了？快去看看还在不在。"

詹姆斯当然记得自己把背篓放在了什么位置。他急忙向着放背篓的地方走去，在昏暗的光线下，看到背篓还放在原地没有任何被动过的痕迹。

"阿兰，背篓还在，里面的药材也还在。"詹姆斯兴奋地说，"捣毁雷霆山庄之后，我一定记着把草药背回去。"

阿兰长出了一口气："背篓还在就好，说明敌人应该没有发现咱们来过这里。如果背篓不见了，咱们的行动就要更加小心谨慎了。"

今夜没有月光，五米之外几乎看不到任何东西。站在雷霆山庄后的小山坡上，亨特向山庄的方向望去，只能看到零星的微弱灯光。

"山庄里的情况，你们都摸清楚了吗？"亨特不放心

地问詹姆斯和阿兰。

"一清二楚。"詹姆斯拍着胸脯说。

亨特说:"那现在咱们就开始行动。切记,千万不要硬碰硬,咱们的人数绝对处于劣势。"

詹姆斯早就觉得亨特烦人了。他在前面带路,其他人紧随其后。

进入山庄的路线和白天相同。一个个黑影从围墙上落下,融入黑夜之中,令人无法察觉。

朦朦胧胧,亨特看到雷霆山庄里有几排房子。但奇怪的是,所有的房间都没有亮灯,只有庭院里的几盏路灯发出昏暗的光。现在的时间还早,不至于所有的人都睡觉了吧?也许蓝狼军团是怕灯光在夜间将雷霆山庄的位置暴露出来,所以禁止在夜间开灯。亨特在心中猜测着各种可能的理由。

按照行动计划,他们首先要到达詹姆斯在白天的时候发现的那个军火库。到达军火库以后,由劳拉负责将门锁打开。之后,他们将军火库引爆,使雷霆山庄变成

一片火海。然后,趁着敌人慌乱之际,再趁火打劫消灭他们的骨干力量。

这个计划堪称完美。直到现在,亨特还是信心十足。詹姆斯带路,谨小慎微地向军火仓库的方向走去。一路上,他们没有发现一个岗哨。虽然亨特心里犯嘀咕,但他想也许这是因为詹姆斯和阿兰在白天的侦察之后,选择了一条绝对安全的路线。

仓库到了,每个人各司其职。亚历山大、亨特、朱莉和阿兰分别隐藏在不同的方向负责警戒。詹姆斯和劳拉负责开锁。劳拉从口袋里掏出了一条扁细的铁片,插进了锁孔里。这条铁片看似普通,却暗藏机关。它的上面分布着密集的细齿,可以根据锁孔里的齿纹进行灵活的排列组合,最终变成一把可以打开锁的钥匙。

当然除了工具好用之外,使用工具的人也要掌握开锁的要领。有很多特种部队和特工组织都会进行专业的开锁训练,劳拉的开锁本领就是那时候练就的。

劳拉轻轻地上下移动着铁面，力道要恰到好处，手和耳朵要配合得天衣无缝。她能够听到齿纹结合的细微声音，并能判断出这些微妙的声音各自代表着什么样的状态。

"咔，咔咔！"

听到了连续的几声响，劳拉的脸上露出了笑容。她知道那是弹簧弹起后，齿纹咬合在一起的声音。她试着稍稍用力，向右转动铁面，锁芯也跟着转动起来。

"啪！"锁欢快地弹开了。

詹姆斯抑制不住地兴奋，对劳拉小声地说："真是太绝了！"

劳拉没有回答，轻轻地拉动仓库的门。这是两扇大铁门，用力小了很难拉开，用力大了会发出响声，惊动敌人。所以，詹姆斯和劳拉一点点地用力，慢慢地将两扇铁门拉开，直到可以轻松地进去一个人为止。

詹姆斯迫不及待地抢先挤了进去。仓库里比外面还黑，所以詹姆斯根本看不到任何东西。他掏出手电筒，

用上衣的一角挡住手电筒的前端，然后才按下了开关。这样做的目的是使手电筒发出的光变暗，从而减少被发现的概率。

手电筒的光线透过衣服布料的遮挡发射出去，昏暗的光线使詹姆斯能够模模糊糊地看到仓库里的东西。可是，这一看不要紧，詹姆斯顿时魂飞魄散，呆在了原地。

# 第二十章

## 遭遇埋伏

随后进入仓库的劳拉也愣住了。她问:"弹药呢?你不说这里是军火库吗?"

"没……没错呀!这里就是军火库。"詹姆斯不知所措,"可是,弹药怎么会都没了呢?"

"不好!咱们中计了,快撤!"劳拉突然意识到了问题的严重性。

可是,一切都已经晚了。詹姆斯和劳拉还没走出仓库,就被一束强光刺得难以睁开眼睛了。霎时间,雷霆山庄里灯火通明,强光灯发出的光束朝仓库的方向照射过来。

"詹姆斯,你这头蠢驴把我们引进敌人的圈套里了。"亨特气得大骂。虽然生气,但是亨特并没有因此而慌乱。他是一位时刻都能保持头脑清醒的成熟特种兵。

"大家注意,快把强光灯击碎。"亨特通过单兵对讲机命令道。

"砰!"

亨特在下达命令的同时,开了一枪。随着这声枪响,一盏强光灯被击碎。顿时,照向仓库的光线出现了一片盲区。

"砰砰砰!"

红狮军团的反应迅速,接连几枪将院子里的强光灯全部击碎。雷霆山庄里立即暗了下来,特别是仓库的方向变得漆黑一片。

"哒哒哒——"

一阵机枪声响起,子弹如雨点般朝仓库方向射来。看来,敌人早有埋伏,已经在屋顶安排了机枪手。

"快撤!快!"亨特大声呼叫。

知道已经中计,红狮军团自然不想成为被关在瓮中的鳖,任凭敌人摆布。他们分别从不同的方向撤离,以分散敌人的火力。

阿兰并没有急于撤退,她认为敌人的军火不会不翼而飞,肯定是被转移到了其他地方。只要她能够找到这些军火,把它们引爆,就还有转败为胜的机会。

"阿兰,你要去哪儿?"詹姆斯见阿兰没有撤退,便追了过来。

"我想去找找看,没准能找到敌人的军火。"阿兰弯着腰向山庄的东侧跑去。

"哒哒哒——"

子弹朝阿兰射来,差点就要了她的命。阿兰躲在墙角,惊出一头汗,不敢贸然行动了。

突然,屋顶上的机枪变成了哑巴。然后,阿兰听到了詹姆斯的声音:"我把机枪手干掉了。"

"你这个愚蠢的家伙,头一次做了这么漂亮的事。"阿兰夸赞道。

詹姆斯快步跑到阿兰躲藏的地方,激动地说:"谢谢女神表扬,我也要跟你一起去。"

"真是跟屁虫!"说着,阿兰从暗处跃起快速向前跑去。

詹姆斯绝不会抛下阿兰，但也不会紧跟在她的身后，因为那样做两个人会同时成为敌人的攻击目标。

阿兰向前机动了十几米，便躲到了一个隐蔽处。詹姆斯这才出动，沿着阿兰刚才机动的路线，向前跑去。直到超过了阿兰的隐藏地点，詹姆斯也没有停止，而是继续向前。阿兰躲在暗处为运动中的詹姆斯提供掩护。待詹姆斯找到了新的隐蔽地点后，阿兰再次行动，继续向前运动。此时，詹姆斯则负责掩护行动中的阿兰。这种交替掩护的战术，在敌情威胁较大的情况下会被经常采用。阿兰和詹姆斯虽然是第一次配合作战，但是整个战术动作却非常默契。

在屋顶上站着一个人，由于灯光都是照向地面的，所以他处于黑暗之中，若不开枪很难被地面的人发现。这个人是雷特，他在屋顶洞察全局，指挥其他人进行战斗。

被雷特指挥的人都是在雷霆山庄接受训练的新兵。他们是第一次参加战斗，难免晕头转向，腿肚子发抖。蓝狼军团的其他人并不在山庄内，他们早已出动去执行

一项秘密任务了。

雷特之所以被留下来指挥新兵,主要原因是其他人都不愿意和这个独眼龙并肩作战。特别是在夜间战斗中,搞不好雷特还会拖他们的后腿。雷特知道自己在蓝狼军团中的地位今非昔比,也不愿看别人的脸色去战斗,倒是很愿意留下来在这些新兵面前耍耍威风。

雷特已经在雷霆山庄内进行了严密的部署,新兵们被他分成四股力量,分别位于雷霆山庄的四个方向。现在,雷特正命令这些新兵逐渐缩小包围圈,准备将红狮军团困在其中。

亚历山大端着枪向南狂奔。突然,对面有几道光线照射过来。这是敌人手中的手电筒发出的光。亚历山大赶紧趴在地上,以免遭到攻击。

"他在那里!"亚历山大听到对面有人大喊了一声。

亚历山大想,这人真是菜鸟!这么大声喊,不想要命了。先下手为强,后下手遭殃。亚历山大朝着光源的位置开了一枪。这一枪打得太准了,正中敌人拿着手电

筒的手。

在黑夜中，手电筒的光亮无疑成为了暴露位置的罪魁祸首。可是，这些第一次参加战斗的新兵并没有意识到这一点，反而拿着手电筒到处乱晃，去寻找黑暗中隐藏的敌人。

亚历山大开枪击中敌人的手腕之后，对面的敌人也朝亚历山大的方向发起了猛烈攻击。但是，这些新兵的枪法真的是不敢恭维，绝对是"打哪儿指哪儿"的水平。

亚历山大在地面连续翻滚，被口袋里的东西狠狠地硌了几下。翻滚的过程中，亚历山大朝着敌人进行了连续射击。随着枪声，好几个敌人倒在了地上。

亚历山大去摸口袋里的东西，看看到底是什么硌了自己。奇迹，亚历山大竟然从口袋里掏出了一只鸡腿。他这才想起来是自己出发时，把咬了一口的鸡腿塞进了口袋里。他把鸡腿塞进嘴里猛咬了几口，然后一挥手朝敌人的方向扔过去。

"手榴弹——"

亚历山大听到对面的敌人大喊了一声。他暗自发笑，这些菜鸟竟然把鸡腿当成了手榴弹。不过，这也有情可原。你想呀，现在养殖场的鸡都是被激素喂大的，鸡腿比手榴弹还大。在昏暗的光线下，谁会想到投向自己的是一只鸡腿呢？

亚历山大见敌人都趴在了地上，便趁机跃起朝山庄外面跑去。新兵们埋头趴在地上，等了许久"手榴弹"也没有爆炸。他们慢慢地抬起头来，朝"手榴弹"落点的位置看去。

"是一枚哑弹！"其中一名新兵说。

等他们从地上爬起来，再寻找亚历山大的时候，已经看不到他的影子了。亚历山大一口气跑到了山庄的外面，隐蔽在乱石堆后面喘着粗气。他没想到自己竟然这么容易就逃了出来，这真是一个奇迹。

在其他方向上，别人可就没有亚历山大这样幸运了。朱莉所面临的局势最为严峻。她正被蜂拥而上的敌人逼得连连后退，眼看就要身处绝地了。正在和朱莉交战的

## 奇袭绝命谷

新兵中,有几个异常勇猛,简直到了不要命的地步,看来已经被邪教教义洗脑了。

朱莉今天的失败之处在于选择了一把手枪,以至于火力无法与敌人对抗。这也许不怪朱莉,因为按照行动计划,他们在炸毁敌人的军火库后,整个局面将由他们来控制。而此时,局面恰恰相反。

手枪的有效射程不过百米,而且距离越远精度越难以保证。所以,朱莉尽量等敌人靠近后才会开枪射击。她被敌人逼到一个拐角处,身体紧贴着墙壁,双手紧紧地握着枪。

"哒哒哒——"

子弹不停地射到拐角处,墙壁被打出了一个个弹坑。朱莉被强猛的火力压制在拐角后面,不敢探出身来。

朱莉并没有慌张,那不是她的风格。有了,朱莉突然想起了一件东西。她伸手摘下挂在腰间的飞勾,这是临行时专门带来,用于翻越围墙进入山庄用的。

朱莉将飞勾向上一抛,钩住了房檐。然后,她拉着

绳子，脚蹬墙壁，手脚协同交替用力，迅速地爬到了房顶上。

敌人一边猛烈开火，一边向拐角处靠近。朱莉趴在屋顶上并没有开枪，她在静静地等待敌人全都跑到房子的后面去。

冲在最前面的几个敌人来到了拐角处，由于一直没有见到朱莉进行反击，他们以为朱莉已经被击毙了。胆子最大的一位将枪口拐过来开了一枪，然后整个人也转过来。奇怪，他并没有看到朱莉。没等他反应过来，后面的敌人也跟着蜂拥而至了。

朱莉暗笑，这些敌人虽然胆子不小，但却缺乏基本的战术常识，根本不懂得协同作战，相互配合。朱莉将飞勾钩住房子的前沿，抓住绳子快速地落到了地面。此时，敌人都已经跑到了房子的后面，还在一头雾水地不知所措呢！

# 第二十一章

# 地下的爆炸

雷特站在屋顶指挥这群新兵进行战斗。本来夜间的能见度就很低,再加上他一只眼所观察到的视野有限,所以往往是顾此失彼。他转过身,模模糊糊地看到有一个人从房顶上滑落下来,向西跑去。于是,雷特赶紧呼叫:"负责西侧围攻的士兵注意,有人向西跑了。"

正在屋后纳闷的士兵听到雷特的呼叫,这才醒过闷来。带头的士兵喊道:"快往回追!"这些人从屋后转过来,又开始往回追。

朱莉已经跑出几十米。后面的敌人在昏暗的光线下根本看不到她,只是胡乱地朝着她的方向开枪。朱莉摸到了腰间仅有的一枚手雷,心想是该用它的时候了。想到这里,朱莉摘下手雷,将拉环套在食指上。前面有一棵大树,朱莉躲到大树后,用力将手雷投向追来的敌人。

"轰!"

一声巨响,伴随着炸开的火光。追上来的敌人被炸得死伤一片,倒在地上发出鬼哭狼嚎的声音。

朱莉趁机加快速度,冲到围墙边。飞勾被抛上墙头,朱莉拉着绳子,几秒钟便翻出山庄。她一口气向前跑了几百米,直到进入山坡上的小树林才停下来。

"不许动,把手举起来!"

朱莉刚刚平静下来,身后就有人喊了一声。她不敢惹怒身后的偷袭者,只好慢慢地将手举起,同时向后转身,寻找反攻的机会。

当朱莉转过身的时候,看到一位彪形大汉正站在自己的身后。光线黑暗,朱莉看不清此人的模样,但是却感觉似曾相识。

"哈哈哈!"这位彪形大汉突然发出奇怪的笑声。

朱莉顿时怒火中烧,朝着这个人就是一脚。"你真是吃了豹子胆了,竟然敢戏弄本姑娘。"

这位大汉不是别人,正是亚历山大。他最先到达集

合地点,在这里已经等了几分钟。见到朱莉跑过来之后,亚历山大突然想戏弄她一番,于是便有了刚才的一幕。

亚历山大被朱莉踢了一脚,龇牙咧嘴地说:"不用这么用力吧?"

"我已经手下留情了。"朱莉气哼哼地说,"我本想转身的时候甩出一把飞刀的。"

朱莉将手中的匕首放回到袖筒里。她的衣服袖子经过改装,每个袖筒可以暗藏五把匕首。刚才在转身的时候,朱莉的手缩进了袖筒里,将一把匕首抽出,准备对身后的敌人发起出其不意的攻击。

亚历山大的脑门上渗出了豆大的汗珠,心想以后不能再开这样的玩笑了,万一真的被自己人误伤,可就得不偿失了。

"难道你就没听出我的声音吗?"亚历山大问。

"人在紧张的状态下,即使平时熟悉的声音也有可能听不出。所以,这种玩笑以后千万不要乱开。"

亚历山大认真地点头。两个人向山庄的方向望去,

见有两个黑影正朝小树林跑来。从身形和动作上判断,这两个人应该是亨特和劳拉。

当这两个人进入树林的时候,亚历山大和朱莉验证了他们的判断。这两个人果然是劳拉和亨特。四个人聚在树林里,等待着詹姆斯和阿兰。可是,这两个人左等不来,右等不来。

詹姆斯和阿兰呢?他们当然还在雷霆山庄中。阿兰和詹姆斯并不像其他人那样,按照亨特的命令分头撤离山庄。阿兰判断敌人将军火转移到了另一个地方,所以她要找到那些军火,将它们炸毁。作为最忠诚的追随者,詹姆斯自然会紧紧跟随阿兰的步伐。

阿兰并非是无头的苍蝇在山庄里乱撞,她已经有了初步的判断。白天侦察雷霆山庄的时候,阿兰发现了一个地下入口。当时,她从这个入口走了下去,发现了一个空荡荡的地下工事。由于里面什么也没有,阿兰便很快走了出来。

现在,阿兰想起了地下工事。她认为敌人很有可能把

军火转移到那里去了。詹姆斯紧紧跟随阿兰,来到地下工事的入口处。可奇怪的是,那个入口已经消失不见了。

"阿兰,你是不是记错了?"詹姆斯焦急地问。

"绝对不会错!"阿兰肯定地说,"我记得在这栋房子前的院子里明明有一个入口。"

阿兰抬头再次看了看眼前的这栋房子。没错,房檐上的那株草还在,这是她特别留意的记号。

"入口一定被隐藏起来了。"说着,阿兰在地上用力地跺脚。

"咚咚!咚咚!"

"这里,在这里。"阿兰惊喜地喊道。

詹姆斯跑到阿兰身边,也跟着跺了几脚。地面下果然是空的,要不然不会发出"咚咚"的响声。

"没错,就在这下面。"詹姆斯蹲在地上,用手扒开地面的土。很快,扒开土层之后,露出了一块水泥板。詹姆斯用力将水泥板提起,一个洞口便出现了。

阿兰轻盈地跳进洞口,随即打开了手电筒。果然不

出所料，那些军火被转移到了地下工事，堆积得像小山一样。詹姆斯双手撑住洞口，也准备跳进去。

"你别下来！"阿兰阻止了詹姆斯，"你留在上面放哨。"

詹姆斯双手一撑，两条腿又回到了地面上。他知道阿兰的考虑是周到的。两个人都进入地下工事，如果被敌人发现，就等于进入了活棺材，没有了退路。于是，詹姆斯躲到附近的隐蔽处，静静地观察着周围的情况，以防不测。

地下工事中的阿兰正有条不紊地工作着。她找到了装雷管的箱子，用军刀将铅封挑断。箱子盖被打开，满满一箱的雷管展现在阿兰的面前。阿兰将雷管拆开，倒出里面的火药，围着这些装军火的木箱子转了一圈。

最后，阿兰将导火索引到地下工事的入口处。正当她准备引燃导火索的时候，突然听到头顶传来急促的脚步声。她赶紧关闭了手电筒，以防被地面经过的敌人发现。

詹姆斯也听到了脚步声，循声望去，看到有两名士兵慌慌张张地跑来，好像在寻找着什么。他有些犹豫，

不知道该不该开枪。如果开枪，敌人肯定会发现他们。如果被敌人发现，要想炸毁军火库可就难了。如果不开枪，这两名士兵会不会发现地面的洞口呢？詹姆斯不敢确定，所以一直在暗处瞄准其中一名士兵，做好了随时射击的准备。

院子里光线昏暗，急急忙忙的敌人根本没有看到脚下的洞口。在经过洞口时，其中一名士兵一脚踩空，掉进了地下工事里。幸亏阿兰躲闪迅速，不然这名士兵正好砸在她的头上。这名士兵还没有弄清楚状况，便感觉到有什么东西狠狠地砸了他一下，顿时脑袋发晕，昏倒在地上。

另一名士兵腿脚倒是挺灵活，见前一名士兵马失前蹄掉了下去，来了一个紧急刹车停在洞口。他站在洞口朝里面喊："米特尔，你没事吧？"

地下工事里漆黑一片，没有人回应。藏在暗处的詹姆斯屏住呼吸，做好了发起攻击的准备。

这名士兵看不到地下工事里的情况，也听不到有人

应答，觉得事出蹊跷，准备大声呼喊。突然，一只手从洞口伸出来，紧紧锁住他的脖子，然后用力向下一拉。

这名士兵被阿兰拽进洞里。阿兰根本不给敌人喘息的机会，只是用手指狠狠地点了一下他脖颈后的穴位，这名士兵便不省人事了。点穴的确是一门神奇的功夫。虽然它没有武侠小说中描述的那样神乎其神，但是人体的一百多个穴位各有功用，只要掌握点穴的要领，便可以一招制敌。

当然，阿兰的点穴功夫是跟父亲学习的。易天是一位医学奇才，对人体的穴位有深入的研究。他研究穴位的目的不是为了战胜别人，而是为了通过穴位疗法治病救人。阿兰虽然只学到了皮毛，但对付这些毫无功底的新兵已经是绰绰有余了。

藏在暗处的詹姆斯见自己还没有出手，两名士兵便被阿兰轻松地解决了。瞬时间，他觉得自己毫无用处，简直就是多余的。此外，他也更加佩服这位神秘的中国女特工了。

阿兰点燃导火索，然后迅速地跳出了洞口。"快走！马上就要爆炸了。"她朝暗处的詹姆斯喊道。

詹姆斯从暗处跑出来，和阿兰一起向远处跑去。还没跑出多远，迎面便出现了一队士兵。詹姆斯先敌开火，撂倒一名敌人。

"快往这边跑。"阿兰根本无心恋战，拉着詹姆斯就往另一个方向跑。

这几名士兵哪里肯放过阿兰和詹姆斯，一边从后面追赶，一边开枪射击。阿兰头也不回，画着蛇形线，没命地往前跑。因为她知道，如果再不快点跑，弹药库就要爆炸了。到时候，如果他们还没有跑远，肯定会被爆炸产生的冲击波伤到。

追兵根本不知道弹药库里的导火索正在"滋滋滋"地燃烧着，只顾着没头没脑地追赶阿兰和詹姆斯。

"轰！轰！轰——"

突然，一声声巨响从地下传来。紧接着，地面就像发生地震一般，剧烈地晃动起来。詹姆斯和阿兰站立不

稳，被晃倒在地上。雷霆山庄里的房屋瑟瑟发抖，玻璃哗啦啦地破碎而下。

站在屋顶的雷特被晃得站立不稳，从屋顶滚落下来，狠狠地摔在地上。这到底是怎么了？雷特还没有想到是弹药库爆炸，挣扎着想站起来，却发现自己的腿已经不听使唤了。

阿兰虽然摔倒在地上，但是她的双手迅速垫到了胸腔下，以防冲击波沿着地表传来，震伤内脏。

一阵剧烈的震动过后，阿兰站起身来，快速地向雷霆山庄外跑去。詹姆斯紧随其后，发现自己竟然还真没有阿兰跑得快。就在快要跑出雷霆山庄的时候，阿兰突然眼前一亮，因为她看到了一个令她感兴趣的东西。

# 第二十二章

## 撤离山庄

在雷霆山庄后面山坡的树林中焦急等待的人,突然听到山庄方向传来一声声巨响,紧跟着山坡跟着晃动起来。

亨特紧急呼叫:"詹姆斯,你们在哪儿?"

詹姆斯和阿兰正在往山庄外跑。詹姆斯得意地说:"我们马上就要撤出山庄了。敌人的军火库让我们给炸了。"

"真有你的。"亨特兴奋地说。

在雷霆山庄的前面有一个停机坪,上面停着一架直升机。阿兰眼睛一亮,朝那架直升机跑去。詹姆斯心想,这架直升机简直就是为他们准备的。于是,加快步伐朝阿兰追去。

詹姆斯跑到直升机跟前的时候,阿兰已经坐进驾驶

舱里。至于阿兰是如何进去的，他根本没有看到。驾驶直升机是特工必须训练的科目，所以阿兰将这架直升机发动起来，简直是易如反掌。

阿兰很快将直升机发动。詹姆斯还没坐稳，直升机就已经起飞了。看着熟练操作直升机的阿兰，詹姆斯真是无法相信这位外表柔美的女生，竟然会无所不通。

直升机从雷霆山庄上空飞过，径直朝后面山坡的小树林飞去。

被摔伤的雷特强撑着从地上站起来，看着从头顶飞过的直升机气得捶胸顿足。他忘记了自己的腿已经受伤，这一跺脚疼得他龇牙咧嘴，差点哭出来。

毒刺防空导弹用来攻击直升机是最理想的武器了。可是，这种导弹都已经被炸毁。雷特之所以生气，还是因为布鲁克不听他的建议。

当初，布鲁克带领其他人行动之前，雷特曾建议他们驾驶直升机出动。但是，布鲁克认为直升机的响声太大，在夜空中又有航灯闪烁，在很远的距离上就会被对

方发现。所以,布鲁克和其他人是徒步出动的。雷特想,如果布鲁克他们把直升机开走,红狮军团就不会驾驶直升机逃离了。

"大家隐蔽,有一架直升机朝咱们飞来了。"亨特对藏在树林中的人说。

他的话音刚落,耳机里便传来詹姆斯的声音:"我和阿兰驾驶直升机飞过来了,你们做好爬上来的准备。"

"真有你的。"亨特控制不住,又夸赞了詹姆斯一句。

詹姆斯是加入这支红狮军团小队最晚的一个,但是他战斗作风勇猛,团队合作意识强,已经成为了一位绝对的骨干。

听到亨特的夸赞,詹姆斯心想这哪里是我的功劳呀,分明都是阿兰的功劳。不过,他并没有解释,因为有谁愿意将自己身上的光环打破呢?

直升机悬停在树林上空,只有一树之高。詹姆斯将悬梯投放下去。亨特抓住悬梯,第一个向上爬去。悬梯在空中晃动,需要控制好身体的平衡,不过这对于训练

有素的特种兵来说都不是问题。

随后,亚历山大、朱莉和劳拉都爬上了直升机。詹姆斯收起悬梯,对阿兰喊道:"出发!"

阿兰拉动操作杆,直升机先是向上爬升,然后高速向前飞去。在直升机上,红狮军团并没有因为炸毁了雷霆山庄的军火库而兴奋不已。相反,每个人的心里都极度紧张,因为他们在担心着木屋中秦天和易天的情况。

自从红狮军团发现雷霆山庄里被敌人布设了圈套之后,就已经猜到蓝狼军团可能已经去木屋偷袭了。蓝狼军团用心良苦,他们虽然发现了阿兰和詹姆斯丢掉的背篓,但是却没有把它拿走,就是为了不引起红狮军团的注意。在雷霆山庄的战斗中,红狮军团没有发现那几位老对手。这更加让他们确定了自己的判断。

在木屋中,秦天重伤不起,而易天又仅仅是一位中医师。如果蓝狼军团突然袭击木屋,这两个人不是被俘虏,就是被杀死。想到这里,劳拉心神难宁,情不自禁

地自言自语:"但愿蓝狼军团并没有发现木屋,这一切只是我们多心了而已。"

"你别自欺欺人。"亚历山大说,"估计现在木屋那里正展开一场激战呢!"

"激战,难道还用激战吗?"詹姆斯说,"秦天和易天简直就是束手就擒的下场。"

正在驾驶直升机的阿兰回头狠狠地瞪了詹姆斯一眼:"你别的本事没有,就是长了一张乌鸦嘴。"

被阿兰骂了一句,詹姆斯识趣地闭上了嘴巴。亨特虽然也担心秦天和易天,但是他的想法却与其他人不同。这是因为他是领教过易天的厉害的。虽然亨特只是短暂地跟易天过了几招,但是他能感觉到自己的功夫远远不如易天。

易天虽然是一位中医师,但是他的中国功夫深不可测。特别是那以柔克刚的太极拳被易天运用得出神入化,只是使出了一点儿皮毛,就已经把亨特制服了。

"你们也不必太担心。"亨特说,"易师傅可不是一个

奇袭绝命谷

QIXI JUEMINGGU

简单的人物，凭他的本事，那几个蓝狼军团的雇佣兵根本不是他的对手。"

"没错！我老爸的功夫可是深不见底的。"亨特的话，阿兰最爱听。"老爸的功夫我只学到了不足十分之一。相信他可以对付蓝狼军团的雇佣兵。"

在直升机上，只有朱莉没说话。她只是冷冷地笑了笑。易天的功夫厉害，她不怀疑。但是，功夫厉害又有什么用？蓝狼军团可个个都是快枪手！

# 第二十三章

## 空中侦察

蓝狼军团的那几个雇佣兵为什么会出现在雷霆山庄呢？原来，在绝命谷与红狮军团战斗之后，布鲁克本想带着其他人到雷霆山庄休闲度假。可是，当蓝狼军团总部得知这一情况后，便命令他们暂时留在那里负责训练新兵。

蓝狼军团每年都要花大笔的钱从世界各地招募一批新兵，训练后补充到雇佣兵中。今年的新兵与往常有些不同，蓝狼军团得到了一个恐怖武装集团的巨额资助，前提是需要蓝狼军团帮他们训练一支敢死队，去执行自杀式恐怖袭击任务。

就在阿兰和詹姆斯离开之后，布鲁克派凯瑟琳去仓库取几枚炸弹，准备在下午教新兵使用。凯瑟琳拿着钥匙来到仓库，发现门前有凌乱的脚印。这些脚印很可疑，

因为它们并非新兵的脚印。

首先,从脚印的尺码来看,这是一个男人的脚印。其次,脚印的齿纹和他们的鞋子明显不同。蓝狼军团的陆战靴是由一家工厂专门提供的,内部的人都知道在鞋底上有一个"X"形状的图案。而这些留在仓库门口的脚印则没有"X"形状的图案。

凯瑟琳想,一定有外人来过这里。带着这种猜疑,她打开了仓库的大门,结果更加肯定了自己的判断。仓库是水泥地面,由于很久没人打扫,所以地面布满了厚厚的灰尘。凯瑟琳看到地面有一条清晰的痕迹,就像蛇在地面爬过后留下的印记一样。

"这绝不是蛇留下的痕迹。"凯瑟琳自言自语,蹲在地上仔细观察这条印记。如果蛇留下的痕迹,边缘应该是圆滑的,而且线条不会如此弯曲。最关键的是,现在已经是深秋,蛇开始待在洞中很少出来活动了。并且,仓库里阴冷,且没有食物,蛇是不会到这里来的。

经过再三分析,凯瑟琳断定这条印记是机械蛇之类

的东西留下的。也就是说,肯定有人来这里侦察过。除了红狮军团,还能有谁呢?可是,红狮军团明明进入了死亡隧道,不是已经死在里面了吗?

凯瑟琳满腹疑团,赶紧向布鲁克报告。布鲁克摇着头,他绝不相信红狮军团会活着走出死亡隧道。

"咱们还是派人检查一下吧!"美佳说,"那些家伙总是能做出咱们认为不可能的事情来。"

布鲁克心里没底,只好派士兵在雷霆山庄附近寻找蛛丝马迹。很快,有士兵向他报告说,在山庄后面的山坡树林中发现了一个背篓,里面有很多叫不出名字的植物。

布鲁克带领大家赶到竹篓处,发现果然有人来过山庄。这是因为,竹篓附近留下的脚印和仓库门口的脚印完全吻合。他们仔细观察周围的环境,发现植物有被踩踏过的痕迹。这条痕迹一直通向深山。

"咱们快追!"雷特提着枪,就要往前跑。

"回来!"布鲁克厉声喝道。

雷特停下来,回头看着布鲁克:"再不追,他们就

跑了。"

"不用追,他们还会回来的。"布鲁克说,"他们既然已经发现了雷霆山庄,难道会不采取行动吗?"

"那咱们怎么办?"雷特往回走。

"哼哼!"布鲁克冷笑道,"咱们就来个守株待兔。"

"守株待兔是个不错的办法,不过咱们还要端掉兔子窝。"泰勒补充道,"咱们应该马上放飞'乌鸦'侦察机,循着这条痕迹延伸的方向进行侦察,说不定能找到红狮军团的藏身之处。"

"这是一个好主意!"美佳赞同,同时从背包里取出一个盒子。打开盒子,里面出现了一些零件。在三两分钟之内,美佳便将这些零件组装到一起,形成了一架无人侦察机。

这种无人侦察机名叫"乌鸦",机身涂成黑色,与展开翅膀的乌鸦体形相当,在空中飞行时看上去就像一只乌鸦,因此而得名。

只见美佳将"乌鸦"无人机拿在手中,启动了它的

电源,然后猛地向空中一抛。"乌鸦"无人机向高空飞去,在地面几乎听不到发动机的声音。这是因为这种无人机并非采用燃油作为动力,而是用高性能的电池做动力,所以几乎不会发出噪音。

抬头望去,"乌鸦"无人机在空中展翅飞翔,由于采用了仿生外形,足能以假乱真。美佳的手中拿着一个遥控器,可以控制"乌鸦"无人机的飞行路径。

"美佳,你负责追踪红狮军团的藏身之处。"布鲁克说,"其他人跟我回山庄布置瓮中捉鳖的战术。"

雷特提起地上的背篓就要走。艾丽丝拉住了雷特的手:"别动,不然会被红狮军团发现的。"

艾丽丝将背篓按照原来的印记重新放到地上,并且用树枝将他们留下的脚印清扫干净。她可是够心细的,已经想到了如果红狮军团前来偷袭雷霆山庄,必定会先来看看他们丢下的背篓是否被动过。

回到雷霆山庄,布鲁克让新兵们将仓库里的弹药搬运到地下工事中。他知道既然红狮军团发现了仓库中的

弹药,在偷袭时必定会想尽办法炸毁弹药库。

弹药刚刚转移完毕,美佳便兴冲冲地跑回来了。"我找到红狮军团的藏身之所了。"她将手中的显示屏拿给大家看,上面显示着"乌鸦"无人机传输回的画面。

"乌鸦"无人机的机头下方安装有一个高分辨率的摄像头,在上千米的高空能看清落在地面上的一只麻雀。现在,屏幕上显示的是一座木屋。有两个人坐在木屋前的空地上,还有一个人在胡乱地比画着什么动作。这几个人对于蓝狼军团来说,简直是再熟悉不过了。

"真是不可思议,他们竟然从死亡隧道里活着走出来了。"布鲁克吃惊地说。

"收拾装备,准备行动。"布鲁克果断地下达了命令。

对于布鲁克的命令,雷特响应最积极:"我早就等不及了。"

"你不用去!"布鲁克给雷特泼了一头冷水,"咱们之中必须有一个人留下来指挥这些新兵。"

"为什么是我?"雷特不高兴地问。

布鲁克拍了拍雷特的肩膀："因为有更重要的任务需要你留下来完成。"

于是，雷特便留了下来，负责带领新兵在雷霆山庄守株待兔。

布鲁克知道这次行动有两种可能：一种可能是红狮军团并没有及时出动，被他们围困在木屋处；第二种可能是红狮军团出动迅速，一部分或者全部赶来雷霆山庄偷袭。无论哪种可能，布鲁克自认为都进行了详细的战术部署。偷袭木屋的行动自然不必说，因为是由他带领的。在雷霆山庄守株待兔的任务难度应该不大，因为这里有几十名新兵，再加上雷特的指挥，应该能够干掉几个红狮军团的特种兵。

# 第二十四章

## 偷袭木屋

一切安排妥当之后,布鲁克带领除雷特之外的人出发了。他并没有选择驾驶直升机,因为那样虽然行动速度快,但却会提前暴露自己的行动企图,令红狮军团闻风而动。毫无疑问,布鲁克的做法是对的,但是他绝没有想到后来这架直升机竟然成为了红狮军团的武器。

蓝狼军团全速向深山的木屋前进。

此时,木屋中只剩下了易天和秦天两个人。在其他红狮军团的特种兵离开木屋后不久,秦天便睡醒了。他感觉今天与往日不同,木屋里很静,听不到那几个贫嘴家伙的聊天声。

秦天双手撑床,坐了起来。他靠着病床,感觉身体好多了,四肢有了力气,头也不再那样疼了。他的头还

缠着厚厚的白色纱布,看上去就像一个木乃伊。虽然这些天一直卧床不起,但是只要头脑清醒的时候,秦天都在思考他们现在的处境。他曾经多次要求亨特带着自己离开这里,但都被亨特拒绝了。

今天,木屋里静得有些不正常。这让秦天有些担心其他人是不是已经走了。他竟然从病床上走下来,准备到外面去一看究竟。刚刚下床,秦天便感觉到眼前发黑,差点摔倒在地。他赶紧弯腰扶住病床,过了好一会儿眩晕的感觉才慢慢消失。

秦天知道并不是因为自己的身体太虚弱,而是因为在病床上躺的时间太长了,以至于突然站起来的时候,血压难以适应这种落差较大的变化而造成的。

重新直起腰的秦天,慢慢地走到房门前,轻轻地推开门。厅室里果然看不到一个人,他有些紧张了,试探性地喊:"亨特,劳拉……"

"他们都出去了。"是易天的声音。

秦天循声望去,看到易天正在后院整理已经晾干的

草药。这是他每天都在重复做的事情。

"易大夫,他们去哪儿了?"秦天问。

易天并没有回答,而是站起身朝秦天走来。"看你的气色,身体恢复得不错。"说着,他走到了秦天的面前,伸手摸着秦天的脉搏。"照这样下去,用不了几天你就可以正常行动了。"

"真的吗?"秦天激动地问。

"当然!"易天很有把握,"只不过不能进行太剧烈的运动。"

"真是太好了。"秦天喜上眉梢,"因为我的原因,大家已经在这里耽搁太久了。"

"塞翁失马焉知非福。"易天看着山顶处的余晖,"说不定由于在这里逗留的原因,你们可以有意外的收获。"

"对了,易大夫,其他人都去哪里了?"秦天四处张望着。

"他们去帮我挖一种草药了。这种草药只有在夜间采集并及时处理才能保持药效。"易天真是说瞎话不卡

壳的高手,"我不放心阿兰一个人去,所以就让他们去帮忙了。"

秦天还是头一次听说天底下竟然还有如此奇特的草药。不过,他并没有怀疑易天的话,因为在秦天的眼里易天绝对不是会说谎的人。

"虽然你恢复得不错,但是也不要着急走动。"易天担心秦天起疑心,"你还是回到屋里躺着吧!"

秦天听从易天的安排,回到屋里,躺到病床上。窗外最后一抹余晖也被黑暗吞噬了。木屋里没有电,易天一只手端着蜡烛,另一只手端着一碗饭菜走进来。

"临走的时候,劳拉已经把饭菜做好了。"易天把碗放在床边的桌子上,"你抓紧吃,吃完饭半小时后,还要喝中药。"

"谢谢你,易大夫,这些天给你添麻烦了。"秦天拿起筷子,开始吃饭。其实,不用易天说,他也能看出这是劳拉做的饭。因为这些饭菜都是秦天爱吃的,也只有劳拉会如此细心。

奇袭绝命谷
QIXI JUEMINGGU

　　烛光跳动，置身于山野木屋，秦天有一种强烈的穿越感，仿佛自己来到了古代，过上了隐居生活。这些年奔波征战，说实话他也有些厌倦了，好想和易天一样过上悠闲自得、随心所欲的生活。

　　一阵风从开启的窗户吹进来，秦天不由自主地打了一个寒战。山里昼夜温差大，夜风很凉，容易入侵体质虚弱的人。秦天从床上下来，走向窗户，想将其关闭。

　　木屋的窗户很简陋，由一根木棍支着向外开启。秦天伸手去拿这根木棍，此时身体略微向外探出一点。不远处有一条黑影闪过，草木也跟着晃动起来。身为特种兵，秦天马上警觉起来。难道有人在靠近木屋吗？也许是我看走眼了，本来风吹草木就会晃动……

　　秦天的大脑不停地闪过各种判断。不管是哪种可能，他都要尽快把窗户关好，以防真的有人看到屋内的情况。关闭窗户，秦天轻轻地推开门，想看看易天是否在屋外。易天就坐在厅室里，坐在火炉旁借着炉火研读医书。看

来刚才看到的黑影并不是易天，应该是另有其人。

易天虽然低头研读医书，但却极为机敏地动了动耳朵。他突然抬起头看着秦天，小声地说："有人来了，快躲起来。"

秦天转身进屋，从床边拿起突击步枪。同时，将随身携带的一支手枪扔给易天。接过手枪，易天笑了笑，意思是我从来不用这个。

尽管风吹草木发出"哗啦啦"的响声，但是易天绝对可以断定有人正在悄悄地接近木屋。而且，他可以听出木屋的前后都有人在悄悄地靠近。

木屋的门关闭着，易天躲在门后，静静地等待着不速之客。

秦天手持步枪，他的身体还很虚弱，若发生战斗必定不能支持太久。

秦天向后拉动枪栓，子弹被推进枪膛。易天看了秦天一眼，很担心他的状况。

不能和敌人硬拼，否则我们两个都走不出这座木屋，

易天这样想。他从口袋里掏出药丸扔给秦天:"快把它吃了。"

秦天接过药丸,也没问易天它有什么作用便吞了下去。吃下药丸之后,秦天感觉到从口腔到心脾一阵清凉的感觉,好像有一股气在血脉之中流动。易天又将一种已经晾干的草药扔到炉火中,顿时草药燃起,屋内弥漫着一股特殊的气味儿。

突然,门被一脚踹开了,一支长枪伸进来,枪口迅速地移动,寻找着目标。秦天藏在里间,举枪瞄准门口,等待着出现在枪口下的敌人。这个人很狡猾,始终没有踏入木屋一步。

"啪!"

秦天身后的窗户被什么东西捅破了。秦天下意识地蹲在地上。他的身体刚刚蹲下来,枪声便响起了,一颗子弹便从他头顶飞了过去。

枪响之后,门外的敌人冲进来。这是声东击西之计,此时秦天的枪口已经离开门口。

冲进门内的人是泰勒,他感觉脚下被什么东西绊了一下,身体猛地向下栽去。泰勒绝非酒囊饭袋之辈,他一只手撑地,肘部接触地面的瞬间,身体向前滚出。然后,他迅速转身枪口对准了门的方向。

"砰砰砰!"

泰勒接连开了几枪。易天灵活地躲闪,逃过了泰勒的射击。

由于身体状况不佳,秦天的动作比以前慢了很多。他还没来得及对泰勒发起攻击,便有两个人从门口冲进屋里。同时,秦天身后的窗户也被打开了,一支枪伸进屋内。

"别开枪!"易天突然大喊一声,"我们投降!"

秦天本以为自己听错了,可他却清楚地看到易天将双手举过了头顶,那把手枪也被他扔到地上。

蓝狼军团将枪口对准易天,同时虎视眈眈地看着秦天。"你再不放下武器,我们可就不客气了。"布鲁克对秦天说。

奇袭绝命谷

秦天知道就凭他和易天绝对是无法战胜蓝狼军团的，投降也许是目前最好的自保方法。于是，他无奈地将枪扔到了地上。

艾丽丝走到秦天面前，冷冷地说："真没想到你还活着，我还以为你已经死在死亡隧道里了呢！"

"多谢关心，我活得好好的。"秦天同样冷冷地说。

"也许你早死了更好，因为接下来我会让你生不如死。"艾丽丝美丽的脸庞上露出一丝邪恶的笑容。

# 第二十五章

## 虎口脱险

"红狮军团的其他人呢?"布鲁克问秦天。

"你们来得真不巧,他们刚刚出去了。"秦天轻蔑地笑着说。

布鲁克不信,命令道:"快搜!"

其他人在屋里开始寻找。凯瑟琳进入里间屋子,只看到了一张病床,还有桌子上没喝完的中药汤。她蹲下来向床底下看,结果一无所获。从里间走出来,凯瑟琳看到其他人也都在摇着头。

"看来,他们真的是去偷袭雷霆山庄了。"布鲁克马上呼叫雷特,"雷特你要多加小心,红狮军团果然去偷袭山庄了。"

雷特听到布鲁克的呼叫后,信心满满地说:"你就放心吧!我已经布好天罗地网,就等着他们自投罗网呢!"

秦天还被蒙在鼓里,根本不知道其他人去偷袭雷霆山庄了。于是,他问道:"易大夫,这到底是怎么回事?"

"回头再给你说。"易天看上去并不紧张,好像根本不把蓝狼军团放在眼里。

"没有回头再说的机会了。"布鲁克阴冷地说,"你也不会再见到你的那些队友,因为他们已经中计了。"

"这可不一定。"易天依旧一脸轻松。

易天的话音刚落,布鲁克就感觉到头有些发晕,紧跟着身体晃动起来,无法站稳。不仅他是这样,其他人也如此。

美佳意识到了问题的严重性,大喊一声:"不好,屋里有毒!"

大喊的同时,美佳挣扎着抬起枪朝秦天和易天的方向扣动了扳机。易天和秦天赶紧躲闪,子弹射到了木屋的地板上。

"快把他们杀掉,不然就晚了。"布鲁克也跟着大喊,

踉踉跄跄地朝秦天和易天接连射击。

"快跑!"易天拉着秦天冲出木屋。

蓝狼军团好不容易才挣扎着从木屋里跑出来。他们的身体软得像面条,根本没有力气去追易天和秦天,只好朝着两个人逃跑的方向开枪射击。

易天和秦天头也不回,一口气向前跑了上百米。这段距离,秦天几乎是被易天架起来跑的。秦天的身体显然还不能适应这样剧烈的运动,此时他已经面无血色,浑身无力了,否则他们会一口气跑得更远。

"我来背着你!"易天蹲在了地上。

"不,不行。我自己能走!"秦天喘着粗气。

易天一把将秦天揽到自己的后背上:"你就别逞强了,敌人马上就会追上来的。"

易天的心里比谁都清楚,因为蓝狼军团是中了他所下的毒。

易天知道单凭他和秦天的力量绝对不是蓝狼军团的对手,所以在蓝狼军团进入木屋之前,易天将一种药材

奇袭绝命谷

投入了炉火中。这种草药燃烧后能够产生一种麻醉神经的毒气。为了防止自己和秦天中毒,他和秦天分别服下了一颗解毒的药丸。所以在有毒的木屋内,只有秦天和易天没有中毒。

不过,易天知道这种麻醉神经的毒气并不能作用太长的时间,所以他们必须抓紧时间逃得越远越好。

易天背着秦天健步如飞,向深山逃去。秦天没想到易天会有如此高的功夫。虽然秦天是中国人,但是他在特种部队所学的都是散打格斗,对传统的中国功夫并不了解。今天,从易天的身上秦天算是见识了中国功夫的厉害,并暗自发誓等伤好之后,一定要向易师傅好好学习。

在木屋外的空地上,蓝狼军团磕磕绊绊地向前跑着。他们都感觉自己的腿好像被人抽去了骨头,变得像面条一样柔软,根本支撑不起沉重的身体。还没向前跑出几步,艾丽丝便一头栽倒在地上。

美佳踉跄着来到艾丽丝身边,抽出匕首便刺下去。

看到这一幕，其他人都惊呆了。

布鲁克大喊道："美佳，你要做什么？"他想上前阻止，但腿脚根本不听使唤。

其他人都以为美佳中毒后，精神错乱，所以才会对艾丽丝下此毒手。其实不然，虽然美佳中毒后身体不听使唤了，但思维并没有混乱。美佳拿匕首刺向艾丽丝，并非是想刺伤或刺死她，而是另有目的。

只见，美佳的匕首刺中了艾丽丝的小臂，但只是刺伤了表层的肌肉。

被匕首刺中的艾丽丝疼得发出一声尖叫，顿时觉得头脑清醒了很多。她转过身，一把揪住美佳的脖领子："你竟然敢趁机偷袭我？"

"我是在帮你。"美佳推开艾丽丝，"难道你不觉得身体有劲了吗？"

被美佳这样一问，艾丽丝这才意识到自己真的又有力气了，虽然还未完全恢复，但的确是能感觉到大脑对身体的控制力在迅速增强。

美佳抬起自己的手臂说:"你们看,我也刺了自己一刀。我受过忍者训练,这是让意识恢复正常的最快办法。"

原来如此,看来其他人都误会美佳了。给自己一刀,就能立刻变得清醒,对于蓝狼军团来说,这并不是什么难以下手的事情。不用别人动手,他们纷纷拔出匕首在自己的手臂上割了一刀。

"快追!绝不能让他们跑了。"已经恢复体力的布鲁克喊道。

蓝狼军团沿着易天和秦天逃跑的方向追去。还没追出多远,突然传来雷特的呼叫声:"布鲁克,红狮军团果然来偷袭山庄了。"

布鲁克激动地问:"他们是不是已经中计,被你指挥的新兵给消灭了?"

"没……没有——"雷特支支吾吾,"他们炸毁了军火库,然后驾驶直升机离开了。"

听闻此言,布鲁克的脑袋嗡了一声,眼前一黑,差

点跌倒在地上。

艾丽丝赶紧一把扶住他,问道:"你怎么了?难道刚才的毒性又发作了吗?"

"雷特,你这个蠢货!"布鲁克怒吼着。

话不用多,其他人已经知道了事情的真相。真没想到雷特不仅把到嘴的肥肉给放跑了,还让人家割走了舌头。

"咱们一定要活捉秦天,不然太丢人了。"泰勒大叫着向前追去,估计这是他有史以来经历的最为屈辱的一场战斗。

易天背着秦天一刻不敢停歇地向前跑。虽然他轻功了得,但毕竟已经人过中年,况且还背着一个人,所以不一会儿他就感觉到腿如灌铅了。

"易师傅,你让我自己走吧!"秦天已经意识到易天体力不支了。

易天将秦天放在地上,擦着额头的汗:"咱们先休息一下,估计敌人还不会这么快追上来。"

山野间,夜色黑暗。易天和秦天隐藏在一块大石头后面,短暂休息。此时,秦天并没有担心自己的安危,而是在忧虑红狮军团的其他人和阿兰现在的处境。

慌乱中,易天和秦天从木屋逃出来,并未能带上对讲系统和手机,所以无法和战友们取得联系。就在此时,一架刚刚起飞的直升机上,劳拉正通过对讲系统不停地呼叫秦天。

接连多次呼叫,劳拉并未得到秦天的回应,她不禁紧张起来。

阿兰将手机扔给劳拉:"你用我的手机,拨打我老爸的电话。"

劳拉在阿兰的手机中找到易天的电话号码,立即拨了出去。电话是通的,只不过没有人接。劳拉连续拨打了几次,结果都是相同。

"看来他们出事了!"劳拉神情慌张,"阿兰,开快些!"

阿兰也很着急,她担心老爸的安危。于是,她将直升

机的速度开到了最快,虽然在夜间飞行这样会很不安全。

不久,直升机飞到木屋的上空。问题出现了,附近并没有面积足够大的平整地面,可供直升机降落。

阿兰只好将直升机悬停在木屋的上空。劳拉和亨特通过悬梯降落到地面。其他人则警觉地观察着地面的情况,为劳拉和亨特提供空中火力掩护。

落到地面的劳拉和亨特背靠背,谨慎地靠近木屋。门是完全敞开的,在夜晚这显然是不正常的。劳拉靠近门口,将枪口伸了进去,同时打开卡在枪身上的战术手电筒,朝屋内照射。

"秦天!易大夫!"劳拉小声地呼唤。

屋内静悄悄的,没有人应答。劳拉迫不及待地跨进了屋里,手电筒四处照射,同时再次呼唤他们的名字。

亨特并没有急于进入屋子,因为他担心这是敌人的请君入瓮之计,所以站在门口警惕地观察着周围的情况。除了风吹草木发出的响声,亨特听不到任何响动,也看不到什么可疑的踪影。

厅室里的炉火还在燃烧着,跳动的火苗映射出跳动的人影。劳拉走进秦天休息的那间病房,里面并没有人。脚下什么东西硌了劳拉的脚一下,她低头看去,发现那是一枚弹壳。

"秦天他们一定遭到袭击了。"劳拉拿着弹壳冲出木屋。

其实这一切早已在意料之中,但亨特还是不死心,所以才从直升机上下来验证一下。

秦天和易天的处境现在如何呢?看似平静的亨特,其实内心深处早已翻江倒海。

# 第二十六章 再入隧道

看着空无一人的木屋，劳拉担心地说："秦天和易大夫是不是已经被蓝狼军团抓住了，或者——"第二种可能，劳拉并没有说出来，因为她简直不敢去想这种可能性。

"不会的！"亨特自然知道劳拉想要说什么，立即否定了劳拉的推断。

"怎么会不可能？"劳拉的情绪有些激动，"秦天身负重伤，没有任何战斗能力。他们怎么能和蓝狼军团对抗呢？"

"你小看了一个人。"亨特说，"易天不仅仅是一位中医师，他还是一位武术大师。我可是领教过他的厉害的。"

"这样说来，他们还有生存的希望？"劳拉渴求得到肯定的回答。

"不是希望,而是肯定。他们肯定是逃走了。"亨特转过身,"快走,咱们必须马上去找他们。"

劳拉和亨特重新爬到了直升机上。但新的问题出现了,他们该往哪个方向寻找呢?

"如果是你,你会往哪个方向跑呢?"亨特问亚历山大。

亚历山大摇摇头:"我不知道,也许会胡乱找一个方向就跑。"

"如果是我,肯定会朝门口对着的方向跑。"詹姆斯说,"你们想呀,当时情况紧急,只要冲出门口便会头也不回地向前跑了。"

亨特点点头:"分析得有道理。"

阿兰驾驶直升机在空中掉转,她心中已经有了大致的方向。阿兰想,老爸绝不会带着秦天逃往陌生的地方。最有可能逃往的地区,应该是她和老爸采药经常去的地方,因为那里的环境老爸很熟悉。

阿兰的思路是正确的。此时,易天果然带着秦天正

在往他经常去采药的那座山上跑。秦天说什么也不再让易天背他了,硬撑着紧跟在易天的身后。

虽然夜晚光线昏暗,但是易天对沿途的环境很熟悉,所以他们并不会像没头的苍蝇那样到处乱撞。由于剧烈运动,秦天的头部开始疼起来,但他却没有把头疼的事情告诉易天。这次的头疼与以往不同,以前是因为弹头残留在脑袋里压迫神经所造成的痛,而现在则是由于手术的创伤还没有痊愈所造成的痛。

虽然秦天已经竭尽全力,但他的速度仍然达不到正常水平时的一半。隐隐约约,他已经听到身后的脚步声,应该是蓝狼军团追上来了。回头看去,有一道道手电筒的光束来回晃动着,朝他们的方向照射过来。

秦天压低身体,尽量让沿途的草木把自己挡住。"易大夫,你先跑吧!不用管我。"秦天小声地说,"不然,咱们两个都跑不了。"

易天拉住秦天的手:"这叫什么话!我怎么能抛下你,一个人独自逃命。放心,我有办法摆脱他们。"

秦天内心一阵感动,心想自己与易天萍水相逢,可易天不仅救了自己的命,还为了自己差点丧命在蓝狼军团的手中。

易天拉着秦天,努力向山坡上爬去。虽然夜间光线黑暗,但是声音却传得很远。追来的蓝狼军团将手电筒的光线朝声音传来的方向照去,捕捉到了易天和秦天的踪迹。

"他们在那里!"泰勒大喊一声,抬起枪便扣动了扳机。

易天和秦天卧倒在地上。子弹击中他们身旁的石头,溅起火星,在夜晚看得非常明显。

"别鲁莽,抓活的。"布鲁克阻止要继续射击的泰勒。

蓝狼军团蜂拥而上,朝易天和秦天的方向追去。他们两个逃出来的时候都没有顾得上拿回武器,所以根本没有办法还击,只能一股脑地往前逃。

秦天的体力不支,根本不可能跑过蓝狼军团。他挣脱易天的手:"我不能再连累你了,快走!"

易天哪里肯放弃，将秦天的胳膊架住："别担心，我有办法，只要再坚持几分钟，就可以甩掉他们了。"

秦天对易天的话将信将疑，只好被他架着继续往前跑。山坡越来越陡，易天也明显体力不支了，他大口地喘着粗气。身后的蓝狼军团越追越近，令秦天开始绝望起来。

美佳冲在最前面，她的速度在蓝狼军团无人能比，尤其是在黑夜之中，简直就像鬼的影子那样在空气中忽闪而过。

在蓝狼军团雇佣兵的心目中，秦天是红狮军团中最难对付的一个，如果今天能活捉秦天将是一场重大的胜利。美佳继续加快步伐，追了这么长时间，她丝毫没有感觉到累，简直就像一台装有马达的机器。

秦天忍不住回头，看到美佳距离他们已经不足十米了。完了，他从没有轻言放弃过，而今天却不得不承认将要败给敌人。他暗下决心，绝不能再耽误易天逃生了。于是，秦天挣脱易天的手，同时用力将他向前推了一把。

易天毫无防备,被秦天向前推出几米远。他回过头,见美佳马上就要追到秦天的位置了。易天并没有离开,而是转身返回,脚踏一块巨石,凌空而起,朝着美佳的胸前踹去。

美佳一心想着将秦天擒获,没有防备易天的袭击。这一脚狠狠地踹到美佳的胸口上,将她踹倒在地并向山下滚去。后面的布鲁克挡住了滚来的美佳,并将她扶起来,否则她会滚得更远。

易天借助踹在美佳身上的反弹力稳稳地落在地上,一把拽住秦天,怒吼道:"你想找死吗?"

秦天从未见过易天发火,这令他有些无所适从。易天硬拉着秦天的手,继续向上跑,很快眼前便出现了一个洞口。情急之下,易天毫不犹豫地拉着秦天钻进洞里。

随后追到的泰勒也要跟着钻进洞里,却被布鲁克一声大喊制止了。泰勒回头看着布鲁克,不知为何。布鲁克也追到了洞口,他将手电筒的光线照进黑乎乎的山洞,说道:"这是那条死亡隧道。"

听到"死亡隧道"四个字,泰勒不由得向后退了一步。死亡隧道的厉害,他可是有所耳闻的。

"难道他们两个就不怕死亡隧道吗?"凯瑟琳不解地问。

布鲁克站在洞口,不敢向前半步。"只要是人,进入死亡隧道都会有去无回。"

"可是,红狮军团不是曾经从里面活着走出过一次了吗?"凯瑟琳有点怀疑布鲁克的话。

"我也不知道那是为什么,但在此之前的确是没有人活着走出来过。"布鲁克似乎对死亡隧道充满了恐惧,就是不敢迈进半步。

# 第二十七章

## 空中援兵

在死亡隧道中,易天和秦天向前行进了没有多远,便停在一个拐弯处。

"为什么不走了?"秦天问。

"再往前走就会危险重重了。"易天说,"咱们不可能活着走出去。"

"你不是有对付死亡隧道的办法吗?"秦天疑惑地问。

易天解释说:"我是有办法,不过那是在准备充分的情况下。可是,这次咱们匆忙地逃出来,我身上根本没有带任何草药。如果被隧道里的毒气侵袭,根本无法应对。"

看来,易天和秦天现在只能藏在洞里赌上一把了。如果蓝狼军团胆子够大,冲进洞里,他们只有死路一条。不过,从目前来看蓝狼军团并不敢冒失地冲进来。

正在僵持之际,空中传来了轰鸣声。

奇袭绝命谷
QIXI JUEMINGGU

"有一架直升机朝这边飞来了。"美佳通报。

这架直升机正是由阿兰所驾驶的,她本来就是在驾驶直升机朝这边飞来,结果又听到了枪声,便更加确定了自己的判断。

"老爸一定带着秦天逃进死亡隧道了。那里是最后的避难所。"阿兰说着,径直驾驶直升机飞向死亡隧道的上空。

"你们快看,那里有亮光。"亚历山大指着死亡隧道的方向。

死亡隧道口的蓝狼军团已经意识到,这架直升机是冲着他们来的。布鲁克赶紧命令:"快关闭手电筒,隐藏起来。"

布鲁克想起不久前雷特向他汇报说,红狮军团驾驶着雷霆山庄的直升机飞走了。于是,布鲁克断定这架直升机上的人一定是红狮军团。

虽然蓝狼军团关闭了手电筒,但是已经晚了。詹姆斯负责操作直升机上的探照灯向地面照射而来,发现了

藏在石头后面的蓝狼军团。

"快朝我照射的位置开火！"詹姆斯喊道。

阿兰操纵直升机将机头压低，按下了发射按钮。可惜，机载机枪的弹舱里竟然没有子弹了。亚历山大和亨特分别端起手中的步枪朝地面开火，子弹如雨点般射向蓝狼军团。

蓝狼军团慌忙从洞口的隐蔽处逃出来，向下坡方向的树林中逃去。阿兰不肯放过蓝狼军团，驾驶直升机紧追不舍。亚历山大和亨特不停地向地面射击。但是，树林茂密，隐藏其中的蓝狼军团很难被发现。

"咱们还是快去救秦天和易大夫吧！"劳拉等不及了。

阿兰也是救父心切，便驾驶直升机返回死亡隧道洞口的上空。

在隧道里，易天和秦天清晰地听到了洞外的激战声。二人猜测一定是红狮军团的其他人赶来救他们了。

"秦天，易大夫！"两个人正在猜测着，洞外传来了喊声。

"是劳拉！"秦天的眼睛一亮。

此时，劳拉正站在洞口，朝里面大喊。亨特则背向洞口，手持步枪，警惕地观察着周围的动静，以防不备。

在空中，其他人也都持枪对准地面，准备对付随时会出现的蓝狼军团。

在树林中，蓝狼军团干着急没办法，他们可不想跑过去当活靶子。

易天和秦天走出洞口，看到劳拉和亨特，兴奋不已。两个人都没想到他们会弄到一架直升机，来得这么快。

"秦天，你没事吧？"劳拉激动地迎了上去。

"我没事，多亏易大夫搭救。"秦天感激地看了易天一眼。

"快上直升机，此地不宜久留。"亨特说。

易天和秦天开始沿着悬梯向直升机上爬。劳拉和亨特则谨慎地防备着蓝狼军团突然发起袭击。

虽然蓝狼军团心有不甘，但是他们却不敢靠近。布鲁克突然想到了一个办法，他立即呼叫雷特："雷特，你

在做什么?"

"我在组织新兵救火。"雷特回答。他的确在一瘸一拐地组织新兵,用水扑灭弹药库爆炸后引起的火灾。

"我命令你现在带领所有的新兵赶往木屋。"布鲁克命令。

雷特犹豫地问:"去那里做什么?"

"少废话,快去!"布鲁克不解释。

雷特赶紧喊道:"都停下来,马上拿起武器跟我出发。"

很快,雷特带领新兵驾驶几辆越野车朝木屋的方向驶去了。布鲁克把最后的希望都寄托在雷特和这些新兵身上。

亨特最后一个爬上直升机。阿兰立即掉转机头,飞离死亡隧道。

"咱们去哪儿?"詹姆斯问。

"去红狮军团总部。"亨特说。

"不行,我要回木屋,拿我的草药。"易天说。

"现在都什么时候了,易大夫,您还想着那些破草药。"亚历山大不解地说。

阿兰驾驶直升机朝木屋的方向飞去,她知道那些草药对于别人来说一文不值,而对于父亲来说却是可以治病救人的宝贝。

其他人没有办法,只好由着阿兰驾驶直升机向木屋飞去。在即将到达木屋上空的时候,詹姆斯看到远处有隐隐约约的光亮,而且不止一处。

"有几辆汽车正在朝着木屋的方向驶来。"詹姆斯报告说。

"那一定是蓝狼军团派来围攻木屋的敌人。咱们一定要快!"亨特焦急地说。

阿兰依旧不说话,只是专注地驾驶直升机向木屋飞去。到达木屋后,易天迅速地滑落到地面,冲进木屋去拿草药。詹姆斯和亨特不放心,也跟着下来,帮着易天把草药往大口袋里装。

隐隐约约,亨特已经听到了汽车的马达声。"咱们快

走吧！"他拉起易天就往外跑。易天回头看着还没有装完的草药，遗憾地摇摇头。

当他们再次爬上直升机的时候，发现那几辆汽车已经距离木屋不到几百米远了。只要再慢一些，他们就有可能被大量的敌人围困在木屋里。

阿兰毫不犹豫，驾驶直升机迅速爬升，以最快速度向远处飞去。

雷特看到飞走的直升机，赶紧架起了一枚毒刺防空导弹。在弹药库爆炸中，这枚导弹之所以能够保留下来，是因为在白天时，雷特用这枚导弹训练新兵，之后并没有将其放回弹药库中。

现在，这枚导弹成为了击落直升机的最后希望。雷特瞄准高速飞离的直升机，果断地按下发射按钮。

"轰！嗖——"

导弹的尾部喷着火焰，向空中的直升机飞去。

"快快快！"詹姆斯急得大叫。

阿兰盯着预警屏幕上的亮点，额头上冒出豆粒大的

汗珠。她紧急将直升机向最大高度拉升,同时加速前进,想甩开这枚紧追不舍的导弹。

还有五十米,四十米,三十米……

导弹距离直升机越来越近,只要它再靠近一点点,轰的一声爆炸,直升机必然会被击伤坠毁。到时候,直升机上的人一个也别想活下来。

奇迹发生了,距离由十米,变为了十五米,二十米。原来导弹已经到达了最远的飞行距离,成为了强弩之末。如果直升机从木屋飞离的时间再晚一点儿,可就没有这么幸运了。

"轰——"

导弹在飞行距离的最后极限自行引爆了。但是,它爆炸所产生的碎片已经无法攻击到直升机。阿兰长长地出了一口气,紧绷的身体一下子松软下来。

在一个空旷的地带,阿兰驾驶直升机降落到地面。她并不准备去红狮军团的总部,因为她还有自己的任务。看着阿兰和易天离开的背影,红狮军团在心中都默默地

说了一声谢谢，如果这次不是遇到父女二人，红狮军团早已经丧命于死亡隧道了。

回到红狮军团总部后，他们将那份从绝命谷获取的绝密文件交给了总部。其实，在另一个地方这份绝密文件早已经被人获知，当然将绝密文件上交的人就是阿兰。

根据这份绝密文件的情报，一场打击蓝狼军团和另外几个恐怖组织的联合行动即将展开。

詹姆斯一直在想，在以后的行动中他是否还能见到阿兰？